Anshuman Srivastav

献身

Samarth Guru
Dr. Chaturbhuj Sahay Ji

ANSHUMAN KRIT

brahmayam

人間の寸法

Translated to Japanese from the English version of

Anshuman krit Brahmayam

共著者 - Aryama Srivastav

エディタ- Dr. Manorama Srivastav

Ukiyoto Publishing

Anshuman krit Brahmayam

All global publishing rights are held by

Ukiyoto Publishing

Published in 2024

ISBN 9789360492502

www.ukiyoto.com

इतिहास रात दिन
History is one
गतिशील कलंकित
sided exposed
चंद्रमा की भांति
like a tarnished
एक पक्षीय उजागर
moon moving
होता है और स्वयं
day-night and
को दोहराता है ।
repeats itself .

序文

ckS) eqækvksa ls ysdj bZlk rd vk;Z&vu
os&mi fu'ksn] i jqkk] 'kkL= l smi os] l sgr k]
l w] Lefr r d] jkek; .k& egkHkkjr l sxhrk&
jkepfjr ekul] /keZ& v/keZ sikS &i q;
vkS çk; f'pr r d A

仏教の姿勢からキリスト、アーリア人および非

□ □

□ □ □ □ □ □ □ □ □ □ □ □ □ □ □ □ □ □ □ □

□ □ □ □ □ □ □ □ □ □ □ □ □ □ □ □ □ □ □ - □

□ □ □ □ □ □ □ □ □ □ - □ □ □ □ □ □ □ □ □ □

□ □ - □ □ □ □ □ □ - □ □ □ □ □ □ □ □

प्रमाण्यबुद्धिर्वेदेषू साधनानामनेकता।

उपास्यानामनियमः एतद् धर्मस्य लक्षणम्॥

osnksa eas çkek; cq)] l k/kuk d sLo#i ea
fofo/krk] vkS mi kL; #i l a[;k eas fu; eu ; sgh
/keZ d sy {k k gSA

ヴェーダの本物の知恵、精神的実践の多様性、

□□□□□□□□□□□□□□□□□□□□□

/keZ laLÑfr dk 'kfDr] t ksfd /kkfj.k djus okyh ^/kkj.k^ /kkrq ls cuk gSA *'kk'or /keZ^ vFkkZr t ks /kkfj.k fd;k t k,] og /keZ gSA

□□□□□□□□□□□□□□□□□□□□□

□□□□□ dhre □□□□□□□ □□□□□□

□□ □□□□□□□□□□□□□□□□□□

□□□□□□□□□□□

vr % lolhdk;Zk & vLolhdk;Zk r Fkk vkxg & fuxg ghl kj gSA cã & vkRe] fi .M] cã k.M] Åt kZ] rRo] /ofu] izd`'kl sl kdkj vkSj fujkdkj vflrRo & D;k] D;ka vkSj dSs\ ;g l Hkh v/;kRe vkSj foKku dsfo'k; gSA

□□□□□,□□□□□□□□□□□□□□□

□□□□□□□□□□□ □□□□□ -□□□

□□□□□□□□□□□□□□□□□□□□□

□□□□□□□□□□□□□□□□□□□□□

□□□□□□□□□ -□□□□□□□□□□□

□□□□□□□□□□□□□□□□□□□□□

ftls le>us ds fy, igys ç—fr dksl e>uk gkskA l f"V pØ eaQ;kfr foj kskHkkl h }S & v}S dksl e>uk gkskA çdk'k & vk/kdkj] t hou & eR;q dksl e>uk gkskA /kjrh xky gS pk\$ kj gS l ajst Shg Svk\$ l w;Z /kjrh dh i fjØek djrk gS t c fd /kjrh dsekud Lo: i vk\$ xfr dh oSKkfud Q;k[;k t ksfd vkfn i fjdYiuk vksl sfHkUu gSA og l c t kuuk djuk gkxk] ft l sge foKku dgrsgSA Lo; adks t kuuk l e>uk gkxk] ft l sge vk/;kRe dgrs gSA

これを理解するには、まず自然を理解する必要

□□□□□□□□□□□□□□□□□□□□□

□□□□□□□□□□□□□□□□□□□□□

□□□□□□□□□□□□□□□□□□□□□

□□□□□□□□□□□□□□□□□□□□□

□□□□□□□□□□□□□□□□□□□□□

□□□□□□□□□□□□□□□□□□□□□

□□□□□□□□□□□□□□□□□□□□□

□□□□□□□□□□□□□□□□□□□□□

□□□□□□□□□□□□□□□□□□□□□

□□□□□□□□□□□□□□□□□□□□□

□□□□□□□□□

chrkl e; dHkh ykSV dj ugha vkrkA

過去の時間は決して戻ってこない。

bZ'ku oZ/Bola'kr kfnh] t c l aiwkZfo'o ea/keZ Lo: i dksy dj ekuork m}sfyr Fkh A,ls ea ckf'kr Roksadhi j ajkl s28oa cq) fl) kFkZdh okkh l svk; kZr Ze [qklj gksmBkA

□ □ □ 6 □ □ □ □ □ □ □ □ □ □ □ □ □ □ □ □ □

□ □

□ 28

□ □

□ □ □ □ □ □ □ □

xkSe cq) useaLo: i cq) e~'kj.ke~xPNkfe] l ?ke~'kj.ke~xPNkfe] /kEea'kj.ke~xPNkfe r hu /keZ l w fn, vkSj mi ns'k fd; kA mi j ksä /keZ l w ksadsvk/kkj i j /kEe dseeZ l svud l qkj çe[kqk çdkj l sl r] jt] re eyw xqk: i ksal s çxV gksk svk; gSA l akj dhj pukxqksadsgh vk/kkj i j gqbZgSA

□ □

□ □

□ □ □ □ □ □ □ □ □ □ □ □ 3 □ □ □ □ □ □ □ □

ラの形で説きました。その後、これらのダルマ
□ □
□ □
□ □
□ □ □ □ □ □ □ □ □

;g l r]jt vk§ re rhu xqkçR;sd tho l jpukeasçHkko fn[kkrs gSA euq"; ksea l rksxqkh çHkko 'kkfr] vkuan] çdk'kk vk§ Kku viZkdjrk gSA jt ksxqk vna%dj.kdksv'kka vk§ ppay cukrk gSA reksxqkl qr hdkfgy hvk§ vKku nsrk gSA

□ □ □ □ □ □ □ □ □ □ □ □ □ □ □ 3 □ □ □ □ (□
□) □ □ □ □ □ □ □ □ □ □ □ □ □ □ □ □ □ □ □
□ □
□ □
□ □ □ □ □ □ □ □ □ □ □ □ □ □ □ □ □ □

fdl hHkh oLrqdsvanj bu rhu xqkksadk vkHkko fdl hHkh dky esaughagksk] ;g l f'Vdk fu;e gSA dsoy bu easçfr'kr fo'ksrk vkrh gS, oa dkbZ,d xqk gh ç/kku y{kf.kr gksk gSA bu xqkksadh fo'ksrk dksl k/kukl snjwdj dsbUgsa viusvanj l erk esadjusokysvH;kl h l k/kd

thoueqäeklust kr sgSAbu xqkkadh
l kE, koLFkk gh f=xqkkr h d sY, in dgy kr h
gSA

これら 3 □ □ □ □ □ □ □ □ □ □ □ □ □ □ □ □ □ □
□ □
□ □
□ □ 1 □ □ □ □ □ □ □ □ □ □ □ □ □ □ □ □ □ □
□ □
□ □
□ □
□ □

;g eu] 'kjhj vkSj vkRekdscp dh, d ,sh
dM+hgSfd ft l sl k/kky.ksi j l Hkh dqN gks
l drk gSA ft l us, dkxzrkdsl kFk ekufl d
'kfä ;ksi j vf/kdkj dj fy;k gks] mu fl)
'kfä ;ksadk Hkh Kku d l adkjhdk;kZeaO;Fk Z
nqi;ksx ukdjrk gks] t ksbl l adkj dks
bZoje; n[kr k gksAgj l e;] gj iy l orZk
ml ije 'kfä ijekRekdhbPNkl st qM+
t kur k gksoi wkZ efiZ gksl Hkh l sçse fu'Ek
j[kr k gqkviuhvl fy;r u Hkywrk gksA, s s
foosd heuq; dsfy, vk/;kfRed vkuan ghy{;
gksrk gSvkSj og bl sugha NksM+rk gSA ;gh

vkRefIf) dgykrh gSA, s keuq" gh
vkRen'kZ dkvf/kdkjh gks kgSA 'kkfr vkS
vkua t ksvkRekdsi kl g\$eu vkS 'kjhj l s
bl dkdksZl ak ughagSA

この心は体と魂を結びつけており、それを利用

□□□□□□□□□□□□□□□□□□□□□
□□□□□□□□□□□□□□□□□□□□□
□□□□□□□□□□□□□□□□□□□□□
□□□□□□□□□□□□□□□□□□□□□
□□□□□□□□□□□□□□□□□□□□□
□□□□□□□□□□□□□□□□□□□□□
□□□□□□□□□□□□□□□□□□□□□
□□□□□□□□□□□□□□□□□□□□□
□□□□□□□□□□□□□□□□□□□□□
□□□□□□□□□□□□□□□□□□□□□
□□□□□□□□□□□□□□□□□□□□□
□□□□□□□□□□□□□□□□□□□□□
□□□□□□□□□□□□□□□□□□□□□

l oZ;kih cã] Kkr &vKkr] 'ksk &vua]
vxe&vxkspj g\$ft l st kuukrh jsu=&
Kkup{kqfn0; &nf"V] vkRe &Kku] l sgh

laHkgSr Fkk l Hkh dksbl çdkj l st kuusokys f=us= dksvkRe Kkuh dgr sgSA

すべてに浸透するブラームは、既知のもの、未

□□□□□□□□□□□□□□□□□□□□□

□□□□□□□□□□□□□□□□□□□□□

□□□□□□□□□□□□□□□□□□□□□

□□□□□□□□□□□□□□□□□□□□□

□□□□□□□□□□□□□□□□□□□□□

□□□□□□□□□□□□□□□

l Hkh çkf.k;ksaesaLo l hekfdr vkSj mUur ;g ekuo t hou ijesÜoj dh vnHkqr —fr gSA bruh vnHkqr fd t jkl huk e>h esaog Lo; ad ks bZoj l e> cSBrk gSA vnHkqr bl fy, dh 'kfä l kesFkZesavki kj fufgr Åt kZd k/kkjd gSA dqN bl çdkj dhbl dhvf/kdkak'kfä l kqri k; gh jgrh gSftl l dkfodkl çkd V;~ çfØ;kxr jgrk gSA fd Ughafo'kskk i fjfLFkfr ;ksaesabl dkLor % t kxr̀ gkskkvkp;Zud gSA l eL;k; g gSfd ekuo LoeVyk u djusesapdrkgSA

□□□□□□□□□□□□□□□□□□

□□□□□□□□□□□□□□□□□□

素晴らしい創造物。あまりに素晴らしい

□□□□□□□□□□□□□□□□□□

□□□□□□□□□□□□□□□□□□

□□□□□□□□□□□□□□□□□□

□□□□□□□□□□□□□□□□□□

□□□□□□□□□□□□□□□□□□

□□□□□□□□□□□□□□□□□□

□□□□□□□□□□□□□□□□□□

□□□□□□□□□□□□□□□□□□

□□□□□□□

fcukfdl h çR {kn' kbZek/; e dst kuukrksnjw Lo; adksl exzkl sn§krd ughal drkA vk'p; Zud ; g gSfd çR {kij ; fn –f'V , dkxzgksxbZrksogh vafuZgr 'kfä t kxr] fodfl r & fØ; k'kky gkst xr easLo; adks, d igpku nsh gSAckå çfØ; kea[kuk & i huk] [ksyuk & dwukl á; kvkjS /; ku vFkkZ Kku o vkua çdkj l sHkx dkl agu & l k/kuk] vkafjd : i l sijekua vFkkZl sLFkyw& vgdkj l sl {e&vgadksçLr q gksuk ghtu hou mRd'kZgSA

直接的な観戦媒体なしで □□□□□□□□□

□□□□□□□□□□□□□□□□□□□□□

□□□□□□□□□□□□□□□□□□□□□

□□□□□□□□□□□□□□□□□□□□□

□□□□□□□□□□□□□□□□□□□□□

□□□□□□□□□□□□□□□□□□□□□

□□□□□□□□□□□□□□□□□□□□□

□□□□□□□□□□□□□□□□□□□□□

□□□□□□□□□□□□□□□□□□□□□

□□□□□□□□□□□□□□□□□□□□□

□□□

tjk lksfp, Lo;a ds cktkj esa vk x, gSa dks ! laiw.kZ
l`f"V igpku D;k gS\ ,d lexz fo'o ij
gh J`aB e= fodYi gS tks lcds vuqdwy
lkjk tku mRÅ&mRi dk fodkl gksdj jg
tkrk gS ijes lkFkZd lse eaFku nxq dh
'kfDr.k ksfey ik,] iw.kZ ei Zk;gh vko';d
dr`Z gS[ksy &[ksy gS

□□□□□□□□□□□□□□□□□□□□□

□□□□□□□□□□□□□□□□□□□□□

□□□□□□□□□□□□□□□□□□□□□

良の選択肢です。そうしないと、人生全体が混
□□□□□□□□□□□□□□□□□□□□□
□□□□□□□□□□□□□□□□□□□□□
□□□□□□□□□□□□□□□□□□□□□
□□□□□□□□□□□□□□□□□

内容

信仰を広め、
迷信ではありません

www.astrowrit.com

私たちの専門知識

キャリアに関する提案	一生に一度の幸運の宝石	アンシュマンのサラル・ヴァッ・ギャン

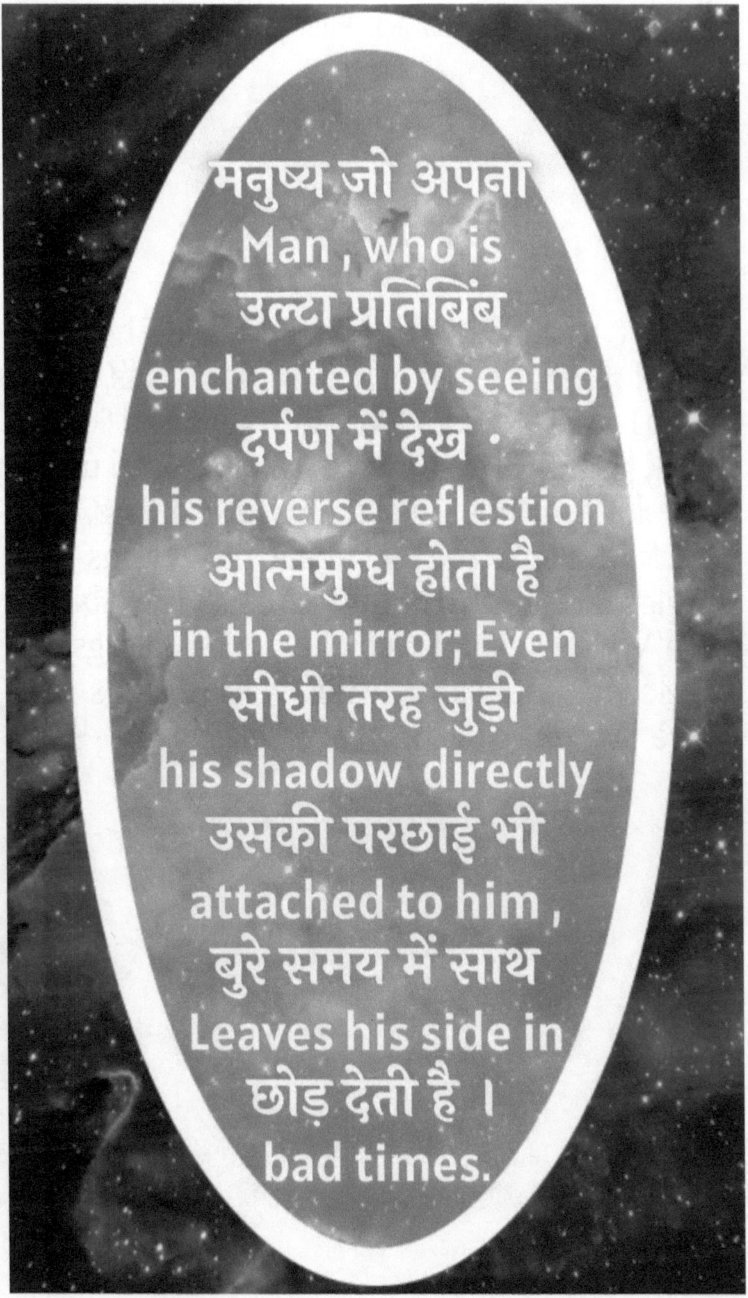
मनुष्य जो अपना
Man , who is
उल्टा प्रतिबिंब
enchanted by seeing
दर्पण में देख ·
his reverse reflestion
आत्ममुग्ध होता है
in the mirror; Even
सीधी तरह जुड़ी
his shadow directly
उसकी परछाई भी
attached to him ,
बुरे समय में साथ
Leaves his side in
छोड़ देती है ।
bad times.

チャクラ

スダルシャン

;g thou&pØ dhl qj vk§ dY;k.kdkjh
O;k[;k gS A xkSj djsa vFkok oy; dk dsUnz xfr
ghl a.kZ f'kV dk vkdkj jgL; gS A xq] u{k=]
rkj\$; gka rd fd l a.kZ cãk.M viuh & viuh
d{kk esa vFkok v{kksa ij oy; dk dsUnz xfr djrs gSa A dsN vki eaut nhd vkjgs
gks sgS A l kFk gh dsN njwt kjgsgks sgS A dsN
u'V gksjgsgks sgS\$ rks dsN u, l ft r gksjgs
gks sgS A y?kq l sfojkV vFkok v.kq ij ek=k l s
cãk.Mr d ;g fØ;k gh ?kfVr gksjgh gS A

これは、人生のサイクルを美しく幸福に解釈し

□□□□□□□□□□□□□□□□□□□□□

□□□□□□□□□□□□□□□□□□□□□

□□□□□□□□□□□□□□□□□□□□□

□□□□□□□□□□□□□□□□□□□□□

□□□□□□□□□□□□□□□□□□□□□

□□□□□□□□□□□□□□□□□□□□□

□□□□□□□□□□□□□□□□□□□□□

宇宙に至るまで、小さな手段から大きな手段ま

□□□□□□□□□

l`f"Vdhjpukl siwZpSU; cã vkuu dh
fuakeaFkkAbl txr dsl kjsr Ro i jekkq
fNUu&fHkUu vkjS #dsfc[kjsHkjsi Mgq FksA
vfadkj l kNk; kgqkFkkAvkfn cã dhpsuk
txhvkjS ml dsvaj l f"Vdhjpukdkfopkj
mBkAbl dYiuk'kfä uscgj fudydj rRo
ijekkqkadksBksdj l spyk; eku dj fn; kt ks
xksykdkj ?kwusyxsArRo ijekkqkadsvkil h
?k"kZkl s, d ?ku?kksj 'kfä mRiUu gksusyxkrFkk
Lo.kZ; hrs ; kfr vfXu mRiUu gqZA; g igyh
/ofu Fkh vkjS l f"VdkfuekZk çkjaHk gqkAbl
vkfn 'kfä usl f"Vdksçkko thou fn; k]bl s
ç.ko dgkx; kA_ f'k; ksusl ek/kfLFkr gksdj
bl /ofu dksl qkt ks/ofu; kRed 'kfä ¼vk½ s
bZoj okpd Å¡idkjkx; kAbl çdkj ç.ko
Å¡dgyk; k] eq; ule gqkvkjS fnO; rs eq;
#i gqkAbl rjg ule vkjS #i nkukasidV
gq A

□□□□□□□□□□□□□□□□□□□□□

□□□□□□□□□□□□□□□□□□□□□

□□□□□□□□□□□□□□□□□□□□□

□□□□□□□□□□□□□□□□□□□□□

識が目覚め、宇宙を創造するという考えが彼の

□□□□□□□□□□□□□□□□□□□□□
□□□□□□□□□□□□□□□□□□□□□
□□□□□□□□□□□□□□□□□□□□□
□□□□□□□□□□□□□□□□□□□□□
□□□□□□□□□□□□□□□□□□□□□
□□□□□□□□□□□□□□□□□□□□□
□□□□□□□□□□□□□□□□□□□□□
□□□□□□□□□□□□□□□□□□□ (O)
□□□□□□□□□□□□□□□□□□□□□
□□□□□□□□□□□□□□□□□□□□□
□□□□□□□□□□□□□□□□□□□□□
□□□□□□□□□□□

ekU;rkvuqlkj vkfn cã] ije cã vl{a; cã kMdk Lokeh g$ ikj cã 7 l{ak cã kMdk Lokeh gS] dky cã 21 cã kMdk Lokeh gSA cã l`udrkZg$ cã dh vo LFkk 4 pj.kkaesa crkbZ t krh gS rFkk t ks vafuZr gS *vge~ cã kfLe* ¼Lo; a½ A ;g cã kM] vkdkk'kxakj l kj$ ekM;] /kjrh] ipr Ro vkfn l Hkh dN bl /kjrh ij t hou : i l sge ekuoks dks mRi Uu djus ds fy, gh gSA euq bZoj dh l oZ'sB l akuu gSA

ヴェーダの信念によれば、アーディ □□□□
□□□□ □□□□□□□□□□□□□□□□
□□ □□□□□ 700 □□7 □□□□□□□□
□□□□□□□□ □□□□□ 21 □□□□□□
□□□□□□□□□□□□□□□□□□□□□
□□□□□□□□□□□□□□□□□□□□□
□□□□□ 4 □□□□□□□□□□□□□□
□□□□□□□□□□□□□□□□□□□□□
□□□□□□□□□□□□□□□□□□□□□
□□□□□□□□□□□□□□□□□□□□□
□□□□□

euq";dk 'kjhj Hkh, d NksVk czãk.M gh gS] bl czãk.M ea fLFkr ruk d ¼N gSml dk fcau euq"; 'kjhj ea vk;k gS] bl fy, ogka ml sczã &v.M vkSj ;gka bl sfi.M& v.M dgrs gS] ekuo 'kjhj ea vkfRek l sÅi j hHkkx 'kjhj d czã k.Mr Fkk uhps xnZu l sfi.MHkkx t kukt krk gS] l f"V d sr hu Hkk &dkj.k] l w{e vkSj LFkwy] çdkj l sof.kZr gS] l cl sÅij sLFkku ea dkj.kr Fkk egkdkj.k l snksHkk gS] bl hrjg l cl sfupy sLFkku LFkwy eaHkh nksHkk gks sgS, oae/; ea l w{e dkLFkku gksk gS] l w{e] dkj.kvkSj egkdkj.k dsLFkkuka dk fcau efLr"d ea vk;k gSvkSj LFkwy pØksadk fcadi å Mesai k; kgSA l c feyk dj Ng pØ IFkyw dselust kr sg$ ft Uga'kVpØ uke l st kuk t kr kgSA

人間の体も小さな宇宙です。この宇宙に存在す

□□□□□□□□□□□□□□□□□□□□□
□□□□□□□□□□□□□□□□□□□□□
□□□□□□□□□□□□□□□□□□□□□
□□□□□□□□□□□□□□□□□□□□□
□□□□□□□□□□□□□□□□□□□3□
□□□□□□□□□□□□□□□□□□□□□
□□□□□□□□□□□□□□□□□□□□□
□□□□□□□□2□□□□□□□□□□□□
□□□□□□□□□□□□□□□□□□□□□
□□2□□□□□□□□□□□□□□□□□
□□□□□□□□□□□□□□□□□□□□□
□□□□□□□□□□□□□□□□□□□□6
□□□□□□□□□□□□□□□□□□□□□
□□□□□□□□□□□

ewyk/kkj blds vf/k"Bkrk nso x.ks'k rFkk vf/k"Bk=h soh Mkfduh tkuh tkrh gSaA

ルート・チャクラ - □□□□□□□□□□□□
□□□□

Lokf/k"Bkku bl dsv f/k'Bkr kns o cã kr Fkk vf/k'Bk=h nsoh cká h' kfä ekuh tkrh gSA

□□□□□□ - □□□□□□□□□□□□□□
□□□□□□□□□□□□□□□□□□□□□

ef.kiwjd & bl dsv f/k'Bkr kns o fo". kqr Fkk vf/k'Bk=h nsoh oSkoh @ y{eh ekuh tkrh gSA

□□□□□□□□□ - □□□□□□□□□□□
□□□□□□□□□□□□□□□□□□□□□
□□□□□□□□

vukgr & bl dsv f/k'Bkr kns f ko r Fkk vf/k'Bk=h nsoh ' kSh ekuh tkrh gSA

□□□□□□□□-□□□□□□□□□□□□
□□□□□□□□□□□□□□□

fo'kqf) & bl dsv f/k'Bkr kns l nkf ko r Fkk vf/k'Bk=h nsoh nqxkZ @ eglek; k dsuke l st kuh tkrh gSA

喉のチャクラ - □□□□□□□□□□□□□□
□□□□□□□□□□□□□□□□□□□□

NBokakKkpØ] ;g LFkyw vkS l{ye dkl ãk LFky gS vkS bl hçdkj LFkyw]l{ye o dkj.k dsi kp vkS NBokal ãk LFky]dy feykdj 18 vkS egkdkj.kdsl n&fpRk&vkun vFkkZ cã]ikjcã o vkfncã dksydj dy 21 LFkku crk, x, gSA

6 □□□□□□□□□□□□ □□□□□□□
□□□□□□□□□□□□□□□□□□□□□
□□□□□□□□□□□□□□□□□□□□□
5 □□□□□□□□□□□□□ 18 □□□□□
□□□ 21 □□□□□□□□□□□□□□□□
□□□□□□□□□.□□□□□□□□□□□□
□□□□□□□□□□□□□□□□□□□□□
□□

euq 'kjhj dseIrd esaigykLFkku vkKkpØ dkgSA;g çFke LFkku gSt gk;l st hokRek *fiAM*'kjhj esamrjrkgSvkS t kxr voLFkkesa bl hLFkku l sO;ogkj djrkgS];g LFkyw vgadkj gSA

人間の頭の中で、最初の場所はアギャ □ □ □
□ □
□ □
□ □

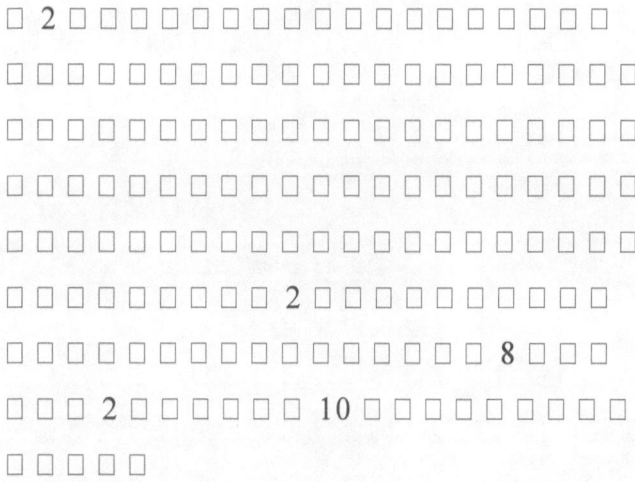

nwljk lgL=kj vFkkZ l gL=ny &dey g$t ks
eLrd ds chpk&chp vanj dh rjQ gSA bl s
lqe Hkqu] euks; dk'kd gkx; kgSA onka
foKkue; vkj$ vkune; nksdksk bl l svks s
ekur kgS] l aer vuqkj vkB vl yh vkj$ nks
l fk LFkku dq nl LFkku ekur sgSA

□ 2 □ □ □ □ □ □ □ □ □ □ □ □ □ □ □ □ □ □
□ □
□ □
□ □
□ □
□ □ □ □ □ □ □ □ □ 2 □ □ □ □ □ □ □ □ □ □
□ □ □ □ □ □ □ □ □ □ □ □ □ □ □ □ 8 □ □ □
□ □ □ 2 □ □ □ □ □ □ 10 □ □ □ □ □ □ □ □ □
□ □ □ □ □

bl l smij eflr"d esa ilNsdh rjQ f=dqVh gS
t ks'kkZ vFkkZ pkSVh dsLFkku cã j/kz l sfeyh

gqbZ l svyx vk§ uhpsfLFkr g\$bl s foKkue; dk'ksk easd gk gSA f=d¨Vh dksghr Hkh jh vk[kkvFkkZ f'ko us=] Kku us= vFkok fnO;nf"V dgrsgSA l k/kkj.keuq"; ksea; g us= cna jgrk gSA ft l dkj.km l soLrqvksadk; FkkFkZ: i ugha fn[kkbZnsrk] Kku v/;k;kvk§ 'kkdk xhr jgrk gSA bl us= ds[kyqrsghl {ke rRo Li"V fn[kkbZ nsusyxrsgSA 'kkdk vkadk fuokj.k gkst krk gS vk§ og fu'p; kRed Kku çkIr dj vkxsfuokZk {ks= dh vkj c<+t krk gSrFkk vkRekdk l k{kkRdkj dj dse¶ i in ykHk çkIr djrk gSA

この上には脳の後ろにある第三の目のチャクラ

(□□□□□)□□□□□□□□□□□□ (□□

□□□□□□□)□□□□□□□□□□□□□□

□□□□□□□□□□□□□□□□□□□□□

□□□□□□□□□□□□□□□□□□□□□

□□□□□□□□□□□□□□□□□□□□□

□□□□□□□□□□□□□□□□□□□□□

□□□□□□□□□□□□□□□□□□□□□

□□□□□□□□□□□□□□□□□□□□□

□□□□□□□□□□□□□□□□□□□□□

□□□□□□□□□□□□□□□□□□□□□

□□□□□□□□□□□□□□□□□□□□□

域に向かって前進し、魂にインタビューするこ

□ □ □ □ □ □ □ □ □ □ □ □ □ □ □ □ □

tc 'kfä dh/kkj jpukdjusdsfy, vius
fut /kke l sulpsmrjrhgSrk\$ og bl cãkaMea
5 LFkkukaij Bgjrhgq Zvk\$ eaMy cukrhgq Z
vkrhgSA ; ghi pdkskcky st krsgSA bu ikpks
dkl k{kkRdkj djukmudh'kfä ; kadkst kxr
dj vf/kdkj eaysvkukipkfXu fo| k
ckyh t krhgSA vfXu l srkRi ; ZvkRekl sfy ; k
t krkgSA

□ □

□ □

□ □

□ □ □ □ □ □ □ □ □ □ □ □ 5 □ □ □ □ □ □ □ □

□ □ □ □ □ □ 5 □ □ □ □ □ □ □ □ □ □ □ □ □

□ □

□ □

□ □ □ □ □ □ □ □ □ □ □ □

çHke eaMy vkune; dks'kt kukt krkgSAt ks
l f"Vdsvkj fHkl st qMk gqvkgSA f}rh; eaMy
foKkue; dks'kdgkt krkgS t gka] eSa gaw dk
viukKku gksrkgSA rrh; eaMy euks; dks'k

dgkt krkgSA; g fopkj vkjS foLr kj dkIFkku gqkA; gkaekufl d l f'V dght krhgSA fopkj fu' p; l sçkkr Rb dkmn; gqk] t ksprqFkZ eMy i kle; dk'kdgykrkgSA; gkapSU; çkk eavkRekt kuhx; hvkjS bl l svkxsLFkyw rRo vFkkZ /kyw dkvkoj.kcukt ksvUue; dk'k dgyk; kA

最初のマンダラはアナンドマヤ □□□□ (□□ □□) □□□□□□□□□□□□□□□□□□ □□□□□□ 2 □□□□□□□□□□□□□□ □□□□□□□□□□□□□□□□□□□□□ □□□□□□□□□□□□□□□□ 3 □□□□□□ □□□□□□□□□□□□□□□□□□□□□ □□□□□□□□□□□□□□□□□□□□□ □□□□□□□□□□□□□□□□□□□□□ □□□□□□□□□□ (□) □□□□□ 4 □□□□ □□□□□□□ □□□□ (□□□□□) □□□ □□□□□□□□□□□□□□□□□□□□□ □□□□□□□□□□□□□□□□□□□□□ □□□□□□□□□□□□□□□□□□□□□ □□□□□□□□□□□

bl çdkj ,d cãk.M dh LFkkiuk gqbZA çR;sd dk'ke,d xqkvk§ rRo ç/kku gksrk gSA vUue; dksklsviusdksmBkrsgq vkune; dkskdsijsyst kuk;ksl k/kukdgykrkgSA çR;sd dkskdsl k/ku vyx gSA ikle; dkgB ;ks] eukse; dkjkt ;ks] foKkue; dkKku ;ks vk§ vkune; dkskdkçse ;ks] l eiZk ;ks o vkRe ;ks Hkhdgkt krkgSA

こうして宇宙が成立したのです。各シースには

□□□□□□□□□□□□□□□□□□□□□

□□□□□□□□□□□□□□□□□□□□□

□□□□□□□□□□□□□□□□□□□□□

□□□□□□□□□□□□□□ □□□□□□

□□□□□ □□□□□□□□□□□□□□ □

□□□□□□□□□ □□□□□□□□□□□

□ □□□□□□□□ □□□□□□□□□ □□

□□□□□□□□

oSfnd ekU;rkvuqlkj bl /kjrhij tho t Urq ouLifr ;ksdsçdkj ls 8400000 ;ksfu;k¡ crkbZ xbZgSaA tksfdvk/kqfudoKkuesa87 fefy;u & 7-4 fefy;u çdkj ls tkusx, gSaA ftlesa1-3 fefy;u tksfd :ikarj.k Ja[kykesafxuo ,aM VsdvFkkZy;su&nsdqjrs&feVjgrsgSaA

nksuksa; vki l dkut nhdh vaj t ks yxHkx l eku g\$cgn egRoi wk Zgkst krkgSA bl dkdkj.kn'kZdky ifjfLFkfr ds vaxZ nksuksai) fr;ksa dsviu&viusekudksadk fu/kkj.kgSA

ヴェーダの信念によれば、地球上には 840 □ 870 □ □ □ 740 □ □ □ □ □ □ □ □ □ □ □ 130 □ 2 □

अंशुमान तालिका					
मंडल	शरीर/ दर्शन		गुण	तत्व	बल
आनंदमय कोश	आध्यात्मिक शरीर	परमात्मा / आत्मदर्शन	तम् सत् रज	आकाश	आत्म बल
विज्ञानमय कोश	मानस शरीर	प्रकाशमय कारण दर्शन	तम् सत् रज	वायु	ज्ञान बल
मनोमय कोश	सूक्ष्म शरीर	निज दर्शन	तम् रज सत्	अग्नि	मनो बल
प्राणमय कोश	प्राणमय शरीर	छाया दर्शन	सत् रज तम्	जल	प्राण बल
अन्नमय कोश	स्थूल शरीर	स्थूल दर्शन	सत् रज तम्	पृथ्वी	दैहिक बल

Anshuman Table

Sheath	Body / View		Quality	Element	Power
Bliss Sheath	Spiritual Body	Divine / Introspection	Tam Sat Raj	Sky	Soul Power
Wisdom Sheath	Mental body	Lightened Casual View	Tam Sat Raj	Air	Knowledge Power
Mental Sheath	Astral body	Self View	Tam Raj Sat	Fire	Morale Power
Life force Sheath	Etherial body	Shadow View	Sat Raj Tam	Water	Life Power
Physical Sheath	Physical body	Physical View	Sat Raj Tam	Earth	Physical Power

;g l Hkh ;kfu ;kst hou dkvnHkqr foKku
gS ;g l Hkh pj.kc) Øfed ,d nlwjsls
t qM+s gq, gS vFkkZ ekuo vfLrRo dhmRifÙk
ijLij fuHkZjrkij vk/kkfjr gS A ft l dk
v/; ;u vk/kqfud foKku esa Hkh u pØ]
dkcZu pØ] ukbVªkt u pØ – vkfn çdkjka
l sfd ;kt krk gS A vd 'kkL= es l l s10
d se/; vad 3 vkSj 7] ft uds 'kfä
J[kyk rFkk t hou jgL; dh ;gh /kkj.kk gS
A ;gh pØh; ØoLFkk ft l sge t hou pØ
dgrsgSa] vFkkZ pØ l q'kkZ gS A

これはあらゆる種の生命に関する素晴ら

□ □ □ □ □ □ □ □ □ □ □ □ □ □ □ □ □ □

□ □ □ □ □ □ □ □ □ □ □ □ □ □ □ □ □ □

□ □ □ □ □ □ □ □ □ □ □ □ □ □ □ □ □ □

□ □ □ □ □ □ □ □ □ □ □ □ □ □ □ □ □ □

□ □ □ □ □ □ □ □ □ □ □ □ □ □ □ □ □ □

□ □ □ □ □ □ □ □ □ □ □ 3 □ 7 □ □ □

の 1 □ □ 10 □ □ □ □ □ □ □ □ □ □ □ □
□ □ □ □ □ □ □ □ □ □ □ □ □ □ □ □ □
□ □ □ □ □ □ □ □ □ □ □ □ □ □ □ □ □ □
□ □ □ □ □ □ □ □ □ □ □ □ □ □ □ □ □
□ □

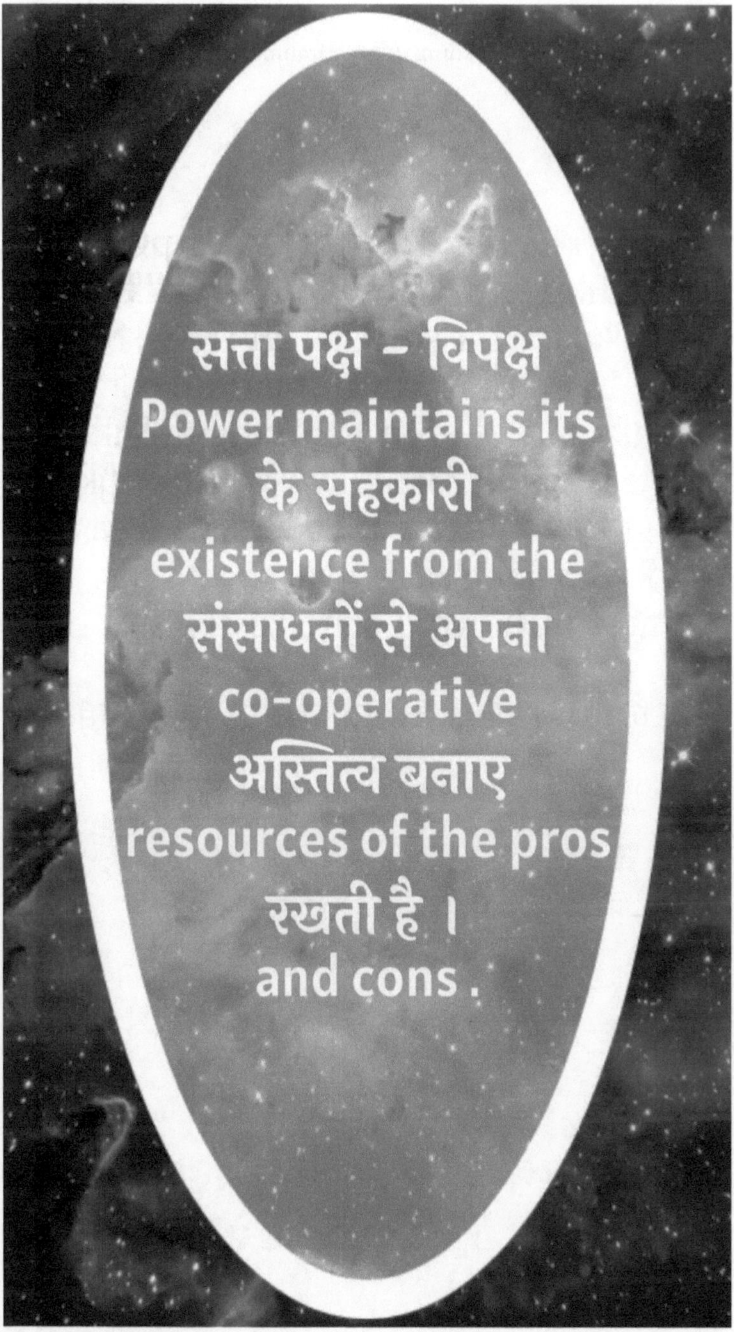
सत्ता पक्ष - विपक्ष
Power maintains its
के सहकारी
existence from the
संसाधनों से अपना
co-operative
अस्तित्व बनाए
resources of the pros
रखती है ।
and cons .

ドウェイト

;g /kjrhvFkkZ HkpwØ gSAxfr dhpØh; Q;oLFkk dse/; lki{kxfr lsfojkslkHkkl Hkh LokHkkfod :i lsmifLFkr gSA }S&v}S ea }a blhçdkj gSApØh; Q;oLFkkeaxfr dk lh/kkçfr:i.kgS}aAbl çdkj uj&ukjh] tle&ej.k] jkr&fnu] /kwi&Nkao] l{kk&n{k] lgh&xyr vkfn lc dqN tksHkh lkFk&lkFk gS}S&v}S n'kZu fl)kar gSA;g lHkh çn'kZu pØh; xfr lsghçHkko j[krsgSA

この地球は自転周期を持っています。相

□ □ □ □ □ □ □ □ □ □ □ □ □ □ □ □ □ □

□ □ □ □ □ □ □ □ □ □ □ □ □   □ □ □ □

□ -□ □ □ □ □ □ □ □ □ □ □ □ □ □ □ □

□ □ □ □ □ □ □ □ □ □ □ □ □ □ □ □ □ □

□ □ □ □ □ □ □ □ □ □ □ □ □ □ □ □ □ □

□ □ □ □ □ □ □ □ □ □ □ □ □ □ □ □ □ □

□ □ □ □ □ □ □ □ □ □ □ □ □ □ □ □ □ □

□ □ □ □ □ □ □ □ □ □ □ □ □ □ □ □ □ □

ヴァイタ哲学の原則です。これらのパフ

□□□□□□□□□□□□□□□□□□

□□□□□□□□□□□

vksjkcksjl[kd ipHkwr /kesZ izkd gS ft lea nksl iZoÙkdkj ,d nkjsdhiN viuseq[k eafy, gq thou pØ dk}ka ghLi'Vdjrs gSA

□□□□□□□□□□□□□□□□□□

□□2 □□□□□□□□□□□□□□□

□□□□□□□□□□□□□□□□□□

□□□□□□□□□□□

Hkou c2e fofk"V vkoksk, xfr] fiAMLo#i l sl f"V dhjpukdjrk gSA fofk"V vkoksk, xfr dsQyLo: i nks/kqh, ;oLFkk tUe yshgS] tksyxHkx foijhr fn'kkl s tkuht krh gSA ft l sge /kukRed rFkk _.kkRed vkoskl si gpkurs gS] tksdqN fdUgh fo'kk /kkrq; k i nkFkkZ eapqdRo ds xq.kLi "V çnf kZ djrk gSApqdRo vFkkZ vkd'kZ.k vkSj fod'kZ.k dsek/;e l sfHkUu&

fHkUúØ; k, avkjS fLFkfr i fSkd jr k gSA t hoks eaHkh ; g t fSod çk i l sçnf'kZ gks k gSA ft l d sfofHkUu çk i ksd ksge fofHkUu uke ks al s t kur sgSA

意識的なブラームは、体の形をした特定

□ □ □ □ □ □ □ □ □ □ □ □ □ □ □ □ □ □

□ □ □ □ □ □ □ □ □ □ □ □ □ □ □ □ □ □

□ □ □ □ □ □ □ □ □ □ □ □ □ □ □ □ □ □

□ □ □ □ □ □ □ □ □ □ □ □ □ □ □ □ □ □

□ □ □ □ □ □ □ □ □ □ □ □ □ □ □ □ □ □

□ □ □ □ □ □ □ □ □ □ □ □ □ □ □ □ □

□ □ □ □ □ □ □ □ □ □ □ □ □ □ □ □ □ □

□ □ □ □ □ □ □ □ □ □ □ □ □ □ □ □ □ □

□ □ □ □ □ □ □ □ □ □ □ □ □ □ □ □ □ □

□ □ □ □ □ □ □ □ □ □ □ □ □ □ □ □ □ □

□ □ □ □ □ □ □ □ □ □ □ □

vkoSk vFkkZ t Tc] t ksHkkoukRed vkox çn'kZu djr k gSA m/oZmRFkku ¼d fS yjh jkbt ½, d oSKkfud ç; ksx ; g l e>usd s fy, dkQh gSfd tho l ajpuk, oaçfØ; kea fdl çdkj ç—fr uj , oaeknk dse/; vkoxkRed fØ; kdsek/; e l sçt uu dh O;oLFkk dkscuk, j[krh gSA

チャージとは、感情的な衝動を示す効果

□ □ □ □ □ □ □ □ □ □ □ □ □ □ □ □ □ □

(□ □ □ □ □ □ □) □ □ □ □ □ □ □ □ □ □

□ □ □ □ □ □ □ □ □ □ □ □ □ □ □ □ □ □

□ □ □ □ □ □ □ □ □ □ □ □ □ □ □ □ □ □

□ □ □ □ □ □ □ □ □ □ □ □ □ □ □ □ □ □

□ □ □ □

bl l akj ead N Hkh, s kugh at ksl ýe vFkok LFkwy : i l sb'oj dh ; kstukds foijhr vFkokvyx gksjgk gksAt aqvius vkuqaf kdrk ¼tu hu ; kstuk½ dsr gr vius fØ; kdyki djrsgSA ft l eaJ 'B mRkn tho: i eaçfr fca çdkj l seuq gS, d t Sod dBi qyh Abl dh fof k'Brk l e>usds fy, foKku rFkkv/; kRe dse/; , d cgq l qaj rqy ukgSby fDVd ek Vj vkS t fu= dk

rFkkby sDVd ekSVj dkl fØ; ifjiFkea
Jks lsrq; dkyuA

この世界には、微妙な意味でも、全体的

□□□□□□□□□□□□□□□□□□
□□□□□□□□□□□□□□□□□□
□□□□□□□□□□□□□□□□□□
□□□□□□□□□□□□□□□□□□
□□□□□□□□□□□□□□□□□□
□□□□□□□□□□□□□□□□□□
□□□□□□□□□□□□□□□□□□
□□□□□□□□□□□□□□□□□□
□□□□□□□□□□□□□□□□□

ek;k: ihfoijhr /kqh; pqdRo vFkkZ s
}a dse/; tUe gSApqdh; ¶yD ;ks uk
vFkkZ }mRUu ofÙk; kagSAmRUu ofÙk; ka
'kjhj eabfe; kad sek/; e lsO;ogkj djrh gS]
tksçe{kr %cfge{kh ifj.kke nsk gSrFkk
lHkdkj ¼çkskfea½: i lst hule eadWc)
¼dkfMa½gks hjgrh gSABhd mlh çdkj
tSs,d fo| q ekSVj]Jks ¼uj Sj½l s

tqM+dj i ukdk; Zdj r kgSA mt kZ çokg
Åij Jks l sulpsgks kgoqk] i fj.kke nsr kgSA

マヤの形をした反対極の磁性は、まさに

□□□□□□□□□□□□□□□□□□
□□□□□□□□□□□□□□□□□□
□□□□□□□□□□□□□□□□□□
□□□□□□□□□□□□□□□□□□
□□□□□□□□□□□□□□□□□□
□□□□□□□□□□□□□□□□□□
□□□□□□□□□□□□□□□□□□
□□□□□□□□□□□□□□□□□□
□□□□□□□□□□□□□

ekSVj dkmíš; xr fuekZk bl hçdkj l s
fd ; kx; kgS] fdaqbl hekSVj dksçfØ; kxr
mYVkç; ks djusl s; g vYi ek=keafo| q
l ds nsr kgSA ekSVj dkmíš; t fu= gksuk
ugha] r Fkkfi og t fu= dkxqkvo' ; çnf kZ
djrkgSA ' kfä vFkkZ Åt kZdkçokg t ks
Åij l sulpsdksFkk] ml sulpsl sÅij
vFkkZ m/kZehdjusl st ksÅt kZ l ds vak

:i lsifjyf{kr gkskgSAoghirkgSml vkfn Jks dk] fdaqv'akek=] D;kfd ;g lakj ghçfr fca ek= gSA

モーターは意図的にこのように構成され

□□□□□□□□□□□□□□□□□□
□□□□□□□□□□□□□□□□□□
□□□□□□□□□□□□□□□□□□
□□□□□□□□□□□□□□□□□□
□□□□□□□□□□□□□□□□□□
□□□□□□□□□□□□□□□□□□
□□□□□□□□□□□□□□□□□□
□□□□□□□□□□□□□□□□□□
□□□□□□□□□□□□□□□□□□
□□□□□□□□□□□□□□□□□□
□□□□□

tc euq" viuhofr;ksadksl esVdj] cfgeZ[kh lsvaeZ[khdj] fpÙkl sÅij /;ku djrsgq] ulpsfLFkr dsMfyuh'kfä dksÅ/okZj djrk gSrksLo;acã lekuQ;oglj dkst kurkgS fd ijel Ùkfdl çdkj gS Lo; acã l eku gksk gS cã ughaA 'kkr dq; dkyu gS vFkkZ Lo; adksl gh çdkj l svkfn J ks cã l s tksMtkA ofÙk; ksadks/; ku dsekè; e l sbZoj dsl pkyu eaviusl r~dekZdksdjukgh ije /; s gSA

人が本能を取り戻し、外向的な人から内

□□□□□□□□□□□□□□□□□□

□□□□□□□□□□□□□□□□□□

□□□□□□□□□□□□□□□□□□

□□□□□□□□□□□□□□□□□□

□□□□□□□□□□□□□□□□□□

□□□□□□□□□□□□□□□□□□

□□□□□□□□□□□□□□□□□□

□□□□□□□□□□□□□□□□□□

□□□□□□□□□□□□□□□□□□

□□□□□□□□□□□□□□□□□□

□□□□□□□□□□□□□□□□□□

□□□□□□□

Tkksb Zoj dsft l #i dhl k/kukdjrk gS] ml sghi kIr gksk gS] ml esghxfr gksh gSA fr; d Hkko l svHkhiV r Fkk l h/kseqk fuokZk gsq l k/kukjr gksukpkfg; sA vr %y {; vui Hkh u] Hkkts u r Fkk l r l a djukvksS j[kukpkfg; sA

どのような形の神を崇拝する人でも、そ

□□□□□□□□□□□□□□□□□□
□□□□□□□□□□□□□□□□□□
□□□□□□□□□□□□□□□□□□
□□□□□□□□□□□□□□□□□□
□□□□□□□□□□□□□□□□□□
□□□□□□

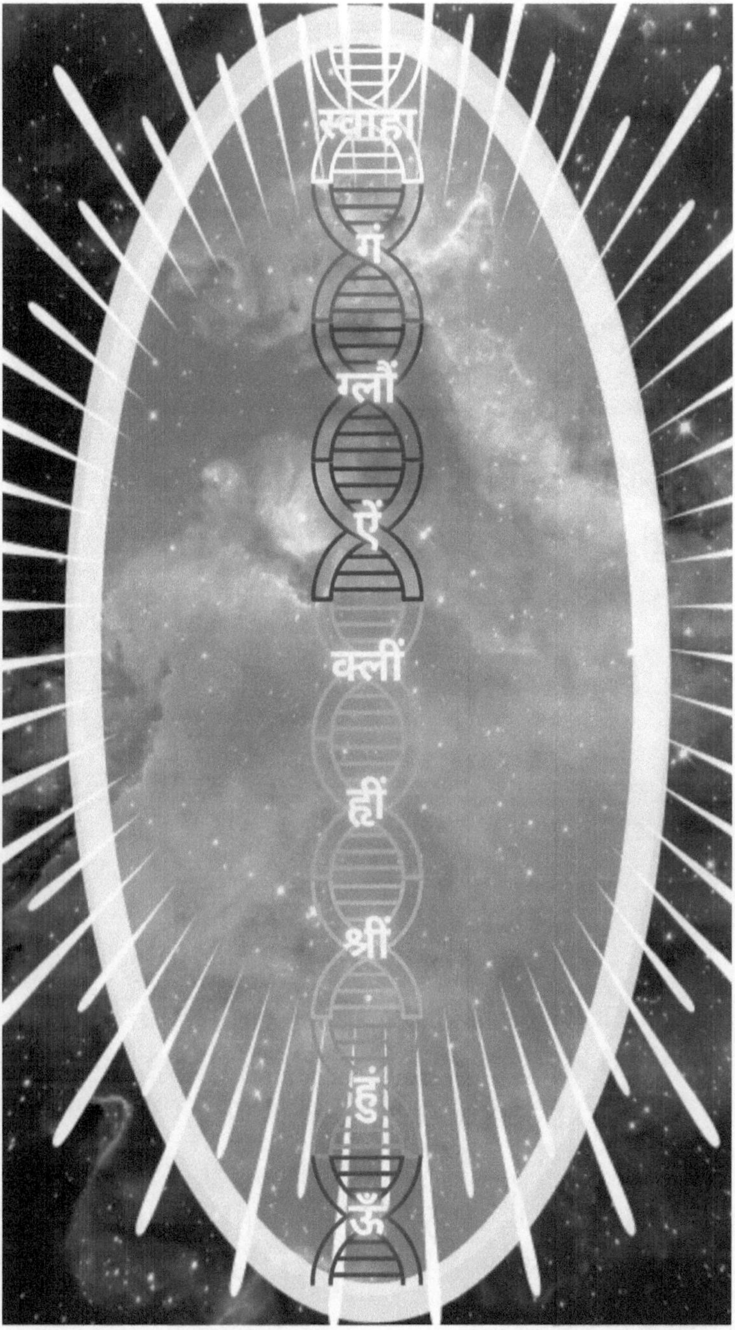

स्वाहा
गं
ग्लौं
ऐं
क्लीं
ह्रीं
श्रीं
हुं
ॐ

ブラマヤム

ओउम् अष्टचक्रा नवद्वारा देवानां पूरयोध्या।
तस्यां हिरण्ययः कोशः स्वर्गो ज्योतिषावृतः॥

nsokadh iqjh g\$t gka;)q ugh gks sAml dk fgj.; e; dks'k LoxZ dh T;ksfr vkHkk l s <dk gqvk gSA

この人間の体は、8 □ □ □ □ □ □ □ 9 □
□ □ □ □ □ □ □ □ □ □ □ □ □ □ □ □ □ □
□ □ □ □ □ □ □ □ □ □ □ □ □ □ □ □ □ □
□ □ □ □ □ □ □ □ □ □ □ □ □ □

; g vnHkqr ekuo 'kjhj vkB pØ vkS ukS }kjksa okyk gSA ;s vkB pØ] vFkkZ~ ukfM+;ksa ds fo'ks"k xqPNs bl 'kjhj esa eTt kr Ur qd sd sUæ : i gS] bu pØksa esa vuUr 'kfä ;k Å\$tkZ Hkjh gSA bl 'kjhj esa "kk[kk r Fkk i zÑ'kk[k,a feykdj 72]72]10]201 l wa{e ukfM+;k¡ gksrh gS ft l esa 72]000 ; kSxd

ukfM;k¡ gSaA buesa baxyk] fiaxyk vkSj
l'kqEukrhu ukfM+;k¡ fo'ks"k gSA bl esa ukS
}kj gSa] nksvk¡[k] nksdku] nksukfl dk
fNæ],d eq[k] bl çdkj fl j esa l kr
}kj gq s¼vkBok¡ ½xqk }kj] ¼uksok¡½ ew=
}kj rFkk ¼n l okWa½cãj a/kz] tks'kh"kZ vFkkZr
pksVh dsLFkku ij fLFkr] <dk vFkkZr cna
jgrk gSA

この素晴らしい人体には 8 □ □ □ □ □

□ □ 9 □ □ □ □ □ □ □ □ □ □ □ □ □ 8

□ □ □ □ □ □ □ □ □ □ □ □ □ □ □ □ □ □

□ □ □ □ □ □ □ □ □ □ □ □ □ □ □ □ □ □

□ □ □ □ □ □ □ □ □ □ □ □ □ □ □ □ □ □

□ □ □ □ □ □ □ □ □ □ □ □ □ □ □ □

72,72,10,201 □ □ □ □ □ □ □ □ □ □ □

□ □ □ □ □ □ 72,000 □ □ □ □ □ □ □ □

□ □ □ □ □ □ □ □ □ □ □ □ □ □ □ □ □ □

□ 3 □ □ □ □ □ □ □ □ □ □ □ □ □ □ 9

□ □ □ □ 2 □ □ □ □ 2 □ □ □ □ 2 □ □ □

孔、1 □ □ □ □ □ □ □ □ □ □ □ □ □ □ □ □

□ 7 □ □ □ □ □ □ □ (8 □ □) □ □ □ □ □

□ □ (9 □ □) □ □ □ □ □ □ □ □ □ □ □ □

10 □ □ □ □ □ □ □ □ □ □ □ □ □ □ □ □

□ □ □ □ □ □ □ □ □ □ □ □ □ □ □

;s fnO; xq.k ;qä vkRekvksa¼nsorkvksa½ds
Bgjusdk LFkku gSA bl esa jgusokys
l eLr t Mh vkSj psru nsork l rdZo
t kx#d gSa; gka vfXu nso us= vkSj
t Bj kfXu ds: i esa] iouns o 'okl &
ç'okl o nl çk.kksa ds: i esa] o#.kns o
ft °ok vkSj jä vkfn ds: i esa jgrs gSaA
pUæ;nso eu vkSj vkRek vkSj i jekRek dk ;gh
fuokl LFkku gSA bl hçdkj vU; l Hkh
'kjhj dsfHkUu&fHkUu LFkkuksa esa fuokl djrs
gSa t ksçR;sd ,d l ekf/k xq.k dk
çfrfuf/kRo Hkh djrs gSaA l Hkh xq.k eku o
'kjhj esa mn; vkSj vLr gksrs gSaA Þt c
t kxkr Hkh l ojkß] ,d l jt Hkh rj j Hkh
mxr k gSA

ここは神の性質を持つスポール(神)の

□ □ □ □ □ □ □ □ □ □ □ □ □ □ □ □ □ □

□ □ □ □ □ □ □ □ □ □ □ □ □ □ □ □ □ □

□ □ □ □ □ □ □ □ □ □ □ □ □ □ □ □ □ □

□ □ □ □ □ □ □ □ □ □ □ □ □ □ □ □ □ □

□ □ □ □ □ □ □ □ □ □ □ □ □ □ □ □ □ □

□ □ □ □ □ □ □ □ □ □ □ □ □ □ □ □ □ □

□ □ □ □ □ □ □ □ □ □ □ □ □ □ □ □ □ □

□ □ □ □ □ □ □ □ □ □ □ □ □ □ □ □ □ □

□ □ □ □ □ □ □ □ □ □ □ □ □ □ □ □ □ □

□ □ □ □ □ □ □ □ □ □ □ □ □ □ □ □ □ □

□ □ □ □ □ □ □ □ □ □ □ □ □ □ □ □ □ □

□ □ □ □ □ □ □ □ □ □ □ □ □ □ □ □ □ □

□

jkr fnu ds dky pØ esa] jkf= dk pkSFkk
çgj lw;ksZn; ls yxHkx 2 ?kaVk iwoZ czã
eqgwrZ dgk tkrk gSA bl çgj fuæk R;kxus
lq vk/;kfRed fØ;kvksa ds ek/;e lq bZoj
ds vk'khokZn dks Lo;a thou esa vuqHko

djsax,saA , \$kvuqHko tksLo; al sgh
vNrwkjgr kgSA LoLFk 'kjhj eaghLoLFk
eu dkfuokl gksk g\$bl gsqf=dky
l á; krFkk,d l e; ea3 l s5 ikk;ke
ghfufnZV gSA l f'V dkfu; eu ghog
vuqkk u gSt ksl e> dj Q;fä dksviusr
nSud thoup; kZeavo' ; mrkjukpkfg, A

昼夜のサイクルにおいて、日の出の約 2

□ □ □ □ □ □ □ 4 □ □ (□ □ □ □ □) □

□ □ □ □ □ □ □ □ □ □ □ □ □ □ □ □ □ □

□ □ □ □ □ □ □ □ □ □ □ □ □ □ □ □ □ □

□ □ □ □ □ □ □ □ □ □ □ □ □ □ □ □ □ □

□ □ □ □ □ □ □ □ □ □ □ □ □ □ □ □ □ □

□ □ □ □ □ □ □ □ □ □ □ □ □ □ □ □ □ □

□ □ □ □ □ □ □ □ □ □ □ □ □ □ □ □ □

□ □ □ □ □ □ □ □ 3 □ 5 □ □ □ □ □ □ □

□ □ □ □ □ □ □ □ □ □ □ □ □ □ □ □ □ □

□ □ □ □ □ □ □ □ □ □ □ □ □ □ □ □ □ □

□ □ □ □ □ □ □ □

fnu esanSod 'kfä ;ka, oajkr esavklqjh
'kfä ;kaçHkkohjgrhgSA l kaklfjd HkkSx
e; kfÙkr rFkk ve; kfÙkr i dkj l snSoh, o
jkZkl hi Hkko mRi Uu djrsgSA t hou eR, q
dse/; t hou&ew çofÙkrFkk eR, q&ew
çofÙkt kuht krhgSA ; g t hou dky bUgha
nksdkvuqikfr d fu; eu gSA l q[kvkjS nq[k
dhvuqHkfr t hou i ; kZ /kj&Nko dsl eku
Q; fä dsl kFk cuhjgrhgSA 'kkjhfjd : i
l sHkhek=kdsvuqikr l s; g nksuksl kFk gh
ekSwn jgrsgSAnq[kvFkoki hMk dk
'kkjhfjd & ekufl d : i l sbl dkfu; eu
ghJsB gSA

神の力は日中に効果を発揮し、悪魔の力

□□□□□□□□□□□□□□□□□□

□□□□□□□□□□□□□□□□□□

□□□□□□□□□□□□□□□□□□

□□□□□□□□□□□□□□□□□□

□□□□□□□□□□□□□□□□□□

□□□□□□□□□□□□□□□□□□

□□□□□□□□□□□□□□□□□□

。物理的にも、これら 2 □ □ □ □ □ □

□ □ □ □ □ □ □ □ □ □ □ □ □ □ □ □ □ □

□ □ □ □ □ □ □ □ □ □ □ □ □ □ □ -□ □

□ □ □

vuq'kklui hMk+dksFkkM&FkksMhrek=k ea
fc[ksjrk gSvkSj i hMk+de vuqHko gksrh gSA
,d l kFk i hMk+d scMs+vkos x dksl gusl s
;g vPNk gSAbl çdkj nwljh rjQ] nq[k
l smi t kl q[k] mís'; vkSj y{; :i ea
çkIr fd;k tk ldrk gSA FkksM&FkksMk+gh
l ghdjrsgq ,d&,d l h<+h y{; dh
rjQ c<+usl sy{; l áku gksk gSA ;g
y{; dh ;ks ukdk vuq'kkl u n'kkdky
i fjfLFkfr ;ksd svuq kj Lo; aij j ghfuHkZ
gS i j aqvuq'kkl u vko' ;d gSA

□ □ □ □ □ □ □ □ □ □ □ □ □ □ □ □ □ □

□ □ □ □ □ □ □ □ □ □ □ □ □ □ □ □ □ □

□ □ □ □ □ □ □ □ □ □ □ □ □ □ □ □ □ □

□ □ □ □ □ □ □ □ □ □ □ □ □ □ □ □ □ □

□ □ □ □ □ □ □ □ □ □ □ □ □ □ □ □ □ □

目標の形で達成される可能性があります

□□□□□□□□□□□□□□□□□□

□□□□□□□□□□□□□□□□□□

□□□□□□□□□□□□□□□□□□

□□□□□□□□□□□□□

;g l p >Bw Hkh viuk ghgSA ç—fr dh
}S Q;oLFkk vFkkZ1 s}nag$[kq dks
l gh&l ghni Zkesaukn§ki kust SkA
ni Zkesa Hkh l R; dkHky h&Hkkar ukçxV
gksuk ; g LFky vk{kakad k ghHkz gSvFkkZ
l àkj rksl R; g$fdnaqni Zk >Bw gSA
rFkkfi ;g l àkj Hkhi kuhd scqy cqy st Sk
çfr fcac Lo: i gh gSA bl fy, t hou rksgS
{kkHkaqjA

□□□□□□□□□□□□□□□□□□

□□□□□□□□□□□□□□□□□□

□□□□□□□□□□□□□□□□□□

□□□□□□□□□□□□□□□□□□

□□□□□□□□□□□□□□□□□□

にされない真実は、ただの粗末な目の錯

□□□□□□□□□□□□□□□□□□

□□□□□□□□□□□□□□□□□□

□□□□□□□□□□□□□□□□□□

□ ;□□□□□□

vko';drk g$l R; Lo: i çfr fca fn[kkus oky sni Zk dht S sge nlwj ksd ksn§ kr sg$ [kq d ksHkh n§ kl dsA ; gh d kj.k gSfd ge nlwj ksd snf"Vd ksk l s[kq d ksl a¢V ughai kr sAD; kfd vuqkur % Hkh d kbZ viusHkz d k Lo; agh f' kd kj gks sgS] nlwj ksd ksl gh n§ kr sgq Hkh xyr h d j cSr sgSD; kfd [kq gh xyr vHkkZ vKkuh gks sgSA

□□□□□□□□□□□□□□□□□□

□□□□□□□□□□□□□□□□□□

□□□□□□□□□□□□□□□□□□

□□□□□□□□□□□□□□□□□□

□□□□□□□□□□□□□□□□□□

ため、他人を正しく見ていても、自分自

□ □ □ □ □ □ □ □ □ □ □ □ □ □ □ □ □ □

□ □ □ □ □ □ □ □

,sls eal R} dk çdV gksuk vR;ar t fVy gS A ,d ghekxZ g]S çHke Lo; ad ksl R; : i l st kuukA cká =qfV; kWZ çfr fcac d k\$ l R; : i vaj eu d sni Zk ean\$ kukA vxj eu d sni Zk eavki Lo; ad ksn\$ k l d sr ks; gh vkRe n' kZu gSvkSj ; fn eu eal a kj d ks n\$ kr s gSr ks fQj vki ,d cgq cM+h =qfV dj jgs gSA fu' p; gh fn' kkghu Hkze d k f' kd kj gksd j xyr i fj.kkekad ksçkIr gks asA ekuoh; l a/kka d k Hkh ; gh jgL; kRed i k#i gSA r Fkkfi Lo; aç—fr d sl R; ekxZ] bl xw<+ jgL; d k i kyu d jusl sgh vki l Pps çes vkSj eqfä d sv f/kd kjh gks asA vU; d ksbZ ekxZ ugha gSA

□ □ □ □ □ □ □ □ □ □ □ □ □ □ □ □ □ □

□ □ □ □ □ □ □ □ □ □ □ □ □ □ □ □ □ □

□ □ □ □ □ □ □ □ □ □ □ □ □ □ □ □ □ □

す。それは、外部の欠陥のある反射を、

□□□□□□□□□□□□□□□□□□
□□□□□□□□□□□□□□□□□□
□□□□□□□□□□□□□□□□□□
□□□□□□□□□□□□□□□□□□
□□□□□□□□□□□□□□□□□□
□□□□□□□□□□□□□□□□□□
□□□□□□□□□□□□□□□□□□
□□□□□□□□□□□□□□□□□□
□□□□□□□□□□□□□□□□□□
□□□□□□□□□□□□□□□□□□
□□□□□□□□□□□□□□□□□□
□□□□□□□□□□

dYiukeaçkkmRiUu gksuk! euq" ds
vanj bZojh, 'kfä ;kavkk: i l smi fLFkr
gSA fdaçeuq" dhd YiUuk; Fkk leF; Z
viukçk, kfxd l e; yrshgSA euq" dks
viuk; g : i l leF; ZHkh fu/kkZjr dky
rd ghçkIr gksk gSA vr% bl hou jgrs

viuh dYiukdkifj.kke n§kikukl oZk
l akb ugha] r Fkkfi fØ;kdsifj.kke l s
ej.kksjka Hkh budk j dks dj l drkgS!
viuhl kbZ kfä ;ksadst kxr çHkko l s
dYiukdsl kdk j gksusdkdky fu;a=.k
fd;kt kl drkgSA leul kolpkdeZkkß]
/kkfeZd çdk j l sght hukpkfg, A

想像を現実化！神の力は部分的に人間の

□ □ □ □ □ □ □ □ □ □ □ □ □ □ □ □ □ □

□ □ □ □ □ □ □ □ □ □ □ □ □ □ □ □ □ □

□ □ □ □ □ □ □ □ □ □ □ □ □ □ □ □ □ □

□ □ □ □ □ □ □ □ □ □ □ □ □ □ □ □ □ □

□ □ □ □ □ □ □ □ □ □ □ □ □ □ □ □ □ □

□ □ □ □ □ □ □ □ □ □ □ □ □ □ □ □ □ □

□ □ □ □ □ □ □ □ □ □ □ □ □ □ □ □ □ □

□ □ □ □ □ □ □ □ □ □ □ □ □ □ □ □ □ □

□ □ □ □ □ □ □ □ □ □ □ □ □ □ □ □ □ □

□ □ □ □ □ □ □ □ □ □ □ □ □ □ □ □ □ □

ます。 □□□□□□□□□□□□□□
□□□□□□□□□□□□□□□□□

le; dh;k=k,sh vo/kkj.kk gSt ks euq gksus ds fy Kkku k l s t qM+h gq Z gSA ;g orZeku gh og iy gSt ks Hkwr] Hkfo"; dks /kkj.k djrk gSA ckfg;Z k=k l s vkarfj;Z k=k] vkuqHkfordk t ks l ad kjkRed ek/;e l s orZeku dks çLrqr gksrh gS] fHkUurk l s ih<+kad s:i dh;k=k gSA t ks Kkui wdZ mik;qDr rk dsp;u l s l aBu 'fDr vkS l eF;Z i kIr djrh gSA ;k=k vFkkZ Hke.k] *ikuh cgrk Hkyk&;ksxh jerk Hkyk*A çR;sd euq dk t Ue bl vk/kkj ij iFkd&iFkd dky[k.M ea gksrk gSA fofHkUurkvksa l s Hkjk ;g l aLkj] ge l Hkh vyx&vyx dky[k.M ea ,d l kFk mifLFkr gksrs gSA ;g ,d iy orZeku gh thou gSA l f'V dh ;gh ;kstuk dky gS vkS ge l Hkh ;k=h A bl dk t ks vFkZ gS D;k vki l gh eayf pqukus dks r;Skj gSa ;g vki ij fuHkZj gSfd vki D;k pkgrs gSA

"रात गंवाई सोय कर, दिवस गंवायो खाय ।
हीरा जनम अमोल था, कौड़ी बदले जाय ॥"

" Raat gavai soy kar, divas gavayo khay
Heera janam anmol tha, kaudi badle
jae."

~Kabir Das

タイムトラベルは人間の好奇心と密接に

□ □ □ □ □ □ □ □ □ □ □ □ □ □ □ □ □ □

□ □ □ □ □ □ □ □ □ □ □ □ □ □ □ □ □ □

□ □ □ □ □ □ □ □ □ □ □ □ □ □ □ □ □ □

□ □ □ □ □ □ □ □ □ □ □ □ □ □ □ □ □ □

□ □ □ □ □ □ □ □ □ □ □ □ □ □ □ □ □ □

□ □ □ □ □ □ □ □ □ □ □ □ □ □ □ □ □ □

□ □ □ □ □ □ □ □ □ □ □ □ □ □ □ □ □ □

□ □ □ □ □ □ □ □ □ □ □ □ □ □ □ □ □ □

□ □ □ □ □ □ □ □ □ □ □ □ □ □ □ □ □ □

□ □ □ □ □ □ □ □ □ □ □ □ □ □ □ □ □ □

□ □ □ □ □ □ □ □ □ □ □ □ □ □ □ □ □ □

□ □ □ □ □ □ □ □ □ □ □ □ □ □ □ □ □ □

一瞬が今の人生です。時間は創造の計画

□ □ □ □ □ □ □ □ □ □ □ □ □ □ □ □ □ □

□ □ □ □ □ □ □ □ □ □ □ □ □ □ □ □ □ □

□ □ □ □ □ □ □ □ □ □ □ □ □ □ □ □ □ □

□ □ □ □ □ □ □ □ □!!

dqNHkh, \$sdS scny l drkgS\ t crd
i dfr Lo; afu.kZ uky\$, dksacgq; ke%
dhoSd Hkouk! ç—fr t c iq%
Lokf/kdkj djrsgq euq ij vf/kdkj
ç; kx djrhg\$çy; mi fLFkr gksk gS A
rkuk'kkg t Ue yrsk g\$ vorkj gksk gS!!

□ □ □ □ □ □ □ □ □ □ □ □ □ □ □ □ □ □

□ □ □ □ □ □ □ □ □ □ □ □ □ □ □ □ □ □

□ □ □ □ □ □ □ □ □ □ □ □ □ □ □ □ □ □

□ □ □ □ □ □ □ □ □ □ □ □ □ □ □ □ □ □

□ □ □ □ □ □ □ □ □ □ □ □ □ □ □ □ □ □

□ □ □ □ □ □ □ □ □ □ □ □ □ □ □ □ □ □

□ □ □ □

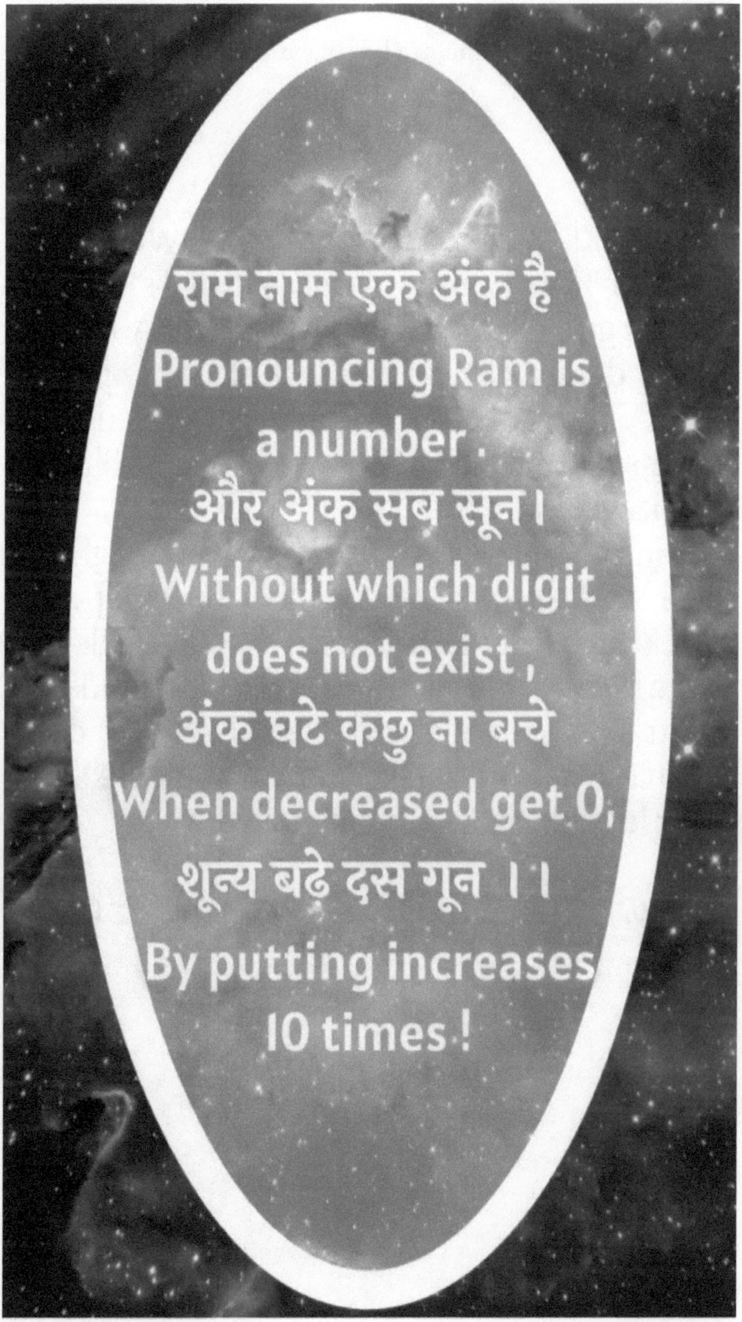
राम नाम एक अंक है
Pronouncing Ram is a number .
और अंक सब सून।
Without which digit does not exist ,
अंक घटे कछु ना बचे
When decreased get 0,
शून्य बढ़े दस गून ।।
By putting increases 10 times !

数字学

fujkdkj] xq.kkdkj] czã Lo:i 'kwU; çsjd :i
esaLor %fooLr ̀ gksdj] vuUr lsaçdkj lsl ̧esa'kr
gksk gq̧kbl l f"V dkdkj.k curk gSA ^ukn^
cza dhfØ;k'khy i) fr dkçkjaHkd Lrj gSA
l f"V dsjgL; euq̧ dhfopkj'khyrkl sçdV
gksrsgq̧s^kCn^dsvfrfjä vU; {ks=kard Hkh
tkigq̧psA Lo; aesavi fjHkf'kr 'kwU; dh
l ̧a;kvkadksl ftr djusdh{kerkvnHkq gSA
or ̀ çdkjkLrj l s'kwU;] tksfoHkkUu bdkb;ka]
dkfkd vk←fr; ksaes#ikUrfjr vkjS foHkä gksk
gq̧kvU; l ̧a;kvkadsfy; sj§kkxf.kr h, vk/kkj
cu x; kA l ̧a; k, afi udsl ,aks l sgh'kwU; dk
Q̧fä Ro vkjS ml dh'kfä çd V gksrsgSAHkk'kk
çrhd ckskd gSvkjS l ̧a; kl kdsfrd A

形のない乗数、梵天の形そのものがゼロ

□ □ □ □ □ □ □ □ □ □ □ □ □ □ □ □ □ □

□ □ □ □ □ □ □ □ □ □ □ □ □ □ □ □ □

□ □ □ □ □ □ □ □ □ □ □ □ □ □ □ □ □ □

□ □ □ □ □ □ □ □ □ □ □ □ □ □ □ □ □ □

□ □ □ □ □ □ □ □ □ □ □ □ □ □ □ □ □ □

定義のゼロをそれ自体で多数作成する能

□ □ □ □ □ □ □ □ □ □ □ □ □ □ □ □ □ □
□ □ □ □ □ □ □ □ □ □ □ □ □ □ □ □ □ □
□ □ □ □ □ □ □ □ □ □ □ □ □ □ □ □ □ □
□ □ □ □ □ □ □ □ □ □ □ □ □ □ □ □ □ □
□ □ □ □ □ □ □ □ □ □ □ □ □ □ □ □ □ □
□ □

^la[;k* tks fd lkfn^eafy [kht kl drhg\$ fdUrq l {;kdsl ds ft ruscMsçHkko {ks= dks ek= ^lkfn^ Q;ä ughadj ldrkgSA;g ldsklkRedrkghbu l {;kvksadh'kfä gSA l {;k#i ea,d]vusd o vuUr] cã ds vifjfer fojkV Lo: i dksn'kkZs; svd vk\$ budh fofHkUu vkofr ;ksagh] bud sfofHkUu {ks=ka dsçHkko Q;ä djrsgSAvdksdhbl h fØ;k'khyrkdksl e>usvFkkZ~t hou dsjgL; ka vk\$ vKkr Hkfo";dksKkr djusdkmiØe gh vd T;kfr'kgSAjaxksavk\$ j{kkvksadsHkhvius &vius{ks=ksadsQ;fä Rb gSA ^jey 'kkL=^t ks fd vdksij ghvk/kkfjr gSAu{k= Lo: i uo xzgksadsçfr fuf/kbu vdksaeavk'p; Zl ek; kgqk gSA

「数字」は「言葉」で書くことはできま

□ □ □ □ □ □ □ □ □ □ □ □ □ □ □ □ □ □

□ □ □ □ □ □ □ □ □ □ □ □ □ □ □ □ □ □

□ □ □ □ □ □ □ □ □ □ □ □ □ □ □ □ □ □

□ □ □ □ □ □ □ □ □ □ □ □ □ □ □ □ □ □

□ □ □ □ □ □ □ □ □ □ □ □ □ □ □ □ □ □

□ □ □ □ □ □ □ □ □ □ □ □ □ □ □ □ □ □

□ □ □ □ □ □ □ □ □ □ □ □ □ □ □ □ □

□ □ □ □ □ □ □ □ □ □ □ □ □ □ □ □ □ □

□ □ □ □ □ □ □ □ □ □ □ □ □ □ □ □ □ □

□ □ □ □ □ □ □ □ □ □ □ □ □ □ □ □ □ □

□ □ □ □ □ □ □ □ □ □ □ □ □ □ □ □ □ □

□ □ □ □ □ □ □ 9 □ □ □ □ □ □ □ □

□ □ □ □ □ □ □ □ □ □ □ □ □

n'kZu'kkL= dk xf.krh; vFkZ] Þ eSa ,d gv
gkst kÅ¡ß! t c ekuo usvd xf.kr h, : i l s1
2 3– dh fxur h' kq dh] ; g D; k gS\ ; k bl s
cht xf.kr eav c 1 – d s: i easekur sgq]
og D; k gS\ j§ xf.kr easv k–fr ; kl ja puk d s

fy,]vKkr dhvkj yf{kr gSAbl hrjg
vKkr dh[kst e]xf.kr eavuq;kx ds
fofHkUu {ks=ksadk fodkl gqvkA

人間が算術的に 1□ 2□ 3... □ □ □ □ □

□ □ □ □ □ □ □ □ □ □ □ □ □ □ □ □ □ □

□ □ 1 □ □ □ □ □ □ □ □ □ □ 1 □ □ □ !

□ □ □ □ □ □ □ □?□ □ □ □ □ □ □ □ □

□ □ □ □ □ □ □ □ □ □ □ □ □ □ □ □ □ □

□ □ □ □ □ □ □ □ □ □ □ a b c... □ □ □

□ □ □ □ □ □ □ □ □ □ □ □ □ □ □ □ □ □

□ □ □ □ □ □ □ □ □ □ □ □ □ □ □ □ □ □

□ □ □ □ □ □

xf.kr vkSj bl dsvU;J {ks=ksadsfodkl ea
n'keyo vk]lHkO;rk]vdxf.krh, çxfr
vkfn ds: i esaekuo lkekLi"V: i ls
ifjyf{kr gksh gSAl Hkt kSM+?kVko]xqk;k
Hkkx eaifjes, vkSj vifjes, l{a;kdkirk
yxukvkp;Zud gS!

人間の限界は、小数、分数、確率、等差

□ □ □ □ □ □ □ □ □ □ □ □ □ □ □ □ □ □

□ □ □ □ □ □ □ □ □ □ □ □ □ □ □ □ □ □

□ □ □ □ □ □ □ □ □ □ □ □ □ □ □ □ □ □

□ □ □ □ □ □ □ □ □ □ □ □ □ □ □ □ □ □

□ □ □ □

dHkh & dHkh ,d fLFkjkad eku fy, fcuk g
mfpr ifj.kke çklr djus esa vleFkZ gksrs g
n'keyo ds ekeys esa rks ;g cgqr peRdkj
tc la[;k,a [kqn dks vuar rd nksgjkuk 'kq:
dj nsrh gSaA 'ks"k çes; esa ftls 'ksg"kS]g
og Hkh oSfnd vFkksaZ esa Hkx1olsu9dk
rd dk varghu çfrfuf/kRo] ;kuh vuar ;k
vuar rd dh iqujko`fÙkh oSfnd vFkksaZ e
Hkxoku dk uke gSA bldk vFkZ gS] 'ks"k
vuar Hkxoku ds uke gSa A

定数を仮定しないと適切な結果が得られ

ない場合があります。　数字が無限に繰

り返されるとき、それは小数の点で非常

に奇跡的です。剰余定理では、シェシュ

と呼ばれる剰余もヴェーダの神の名前で

□ □ □ 1 □ □ 9 □ □ □ □ □ □ □ □ □ □ □

□ □ □ □ □ □ □ □ □ □ □ □ □ □ □ □ □ □

□ □ □ □ □ □ □ □ □ □ □ □ □ □ □ □ □ □

□ □ □ □ □ □ □ □ □ □ □ □ □

bl çdkj dqN vKkr Kkr gksx, AdqN ea] vKkr fLFkj ds: i eaLFkkfir gq Adq N i fj.kkeksaea] vKkr Lo; adks'kkvkS vuta ds : i eaçdV djrkgSAbl fy,] vki bl si jh rjg l sughatkuldrsAvki cgq dqN tku ldrsgsa] yfdu dqN de ! psu cã] Åt kZ vkS rRo /kkj.kdjrkgS] og vnHkq pSU; l Ùkk vFkkZ ijekRekgSA og t ksLo; abl l alkj dhjpukdjdsvkdkj vkS çdkkea fNi kgSA; fn fNi usdh çofÙkgS] rksçdV D; kgS\

□ □ □ □ □ □ □ □ □ □ □ □ □ □ □ □ □ □

□ □ □ □ □ □ □ □ □ □ □ □ □ □ □ □ □ □

□ □ □ □ □ □ □ □ □ □ □ □ □ □ □ □ □ □

□ □ □ □ □ □ □ □ □ □ □ □ □ □ □ □ □ □

□ □ □ □ □ □ □ □ □ □ □ □ □ □ □ □ □ □

きません。少しでもたくさんのことを知

□□□□□□□□□□□□□□□□□□

□□□□□□□□□□□□□□□□□□

□□□□□□□□□□□□□□□□□□

□□□□□□□□□□□□□□□□□□

□□□□□□□□□□□□□□□□□□

□□□□□□□□□□□□□□□

egku fu"d"kZ! rks og dkSadgkS gy\
t Ssofhd vHkkZea]

□□□□□□□□□□□□□□□□□

□□□□□□□□□□□□□□□□□

- vkunacã a& ije lqk@ v; ekRek cã %& eS¼vkRekdk ½cã gwA

  □□□□□/□□□□□□□□□

  □□□□

- çKkua czã & vuqHkoAczã gS

  経験はブラームス

- ➢ l o[kfYonacã %& cã l oZ gSA

  ブラームスはどこにでもいる

- ➢ rRoefl &rq cã gksA

  □□□□□□□□□

- ➢ vgacã kfLe &eSacã gwaA

  □□□□□□□

euq" i jekRekdkekuohdj.kgS] vFkkZ çd V gSA

□□□□□□□□□□□□□□□□□□□

□□□

l kFkghvkdj ; kl jkpukdkl keusl s] Åij l \$ cxy l \$ fdukjsl s] f=vk; keh ¼Vkbl ksfVªd ; kv,fÇd ½j[kkdu –'; A

□□□□□□□□□□□□□□□□□□□

□□ □□□□□□□□□□□ 3 □□ (□

□□□□□□□□□) □□□□□□

blh çdkj v/;kRe dh Hkh ik¡p voLFkk,¡ gS
ft l si pd k'kh l k/kuk d sule l st kukt kr k gSA
çR;sd eaft y d kvH;kl vyx gSA, d
mi dj.kvaa r d dke ughadjr k gSA bu i kpka
dksi kj d jukvkJ n`<+fo'okl d sl kFk m/kZfr
eaai kpkal si j st kuk l k/kuk d gy kr k gSvkJ t ks
bl sdjr k gSog l k/kd d gy kr k gSA

同様に、霊性にも 5 □□□□□□□□

□□□□□□□□□□ □□□□□□□

□□□□□□□□□□□□□□□□□□

□□□□□□□□□□□□□□□□□□

□□□□□□□□□□ 5 □□□□□□

□□□□□□□□□□□□□□□□□□

□□□□□□□□□□□□□□□□□□

□□□□□□□□

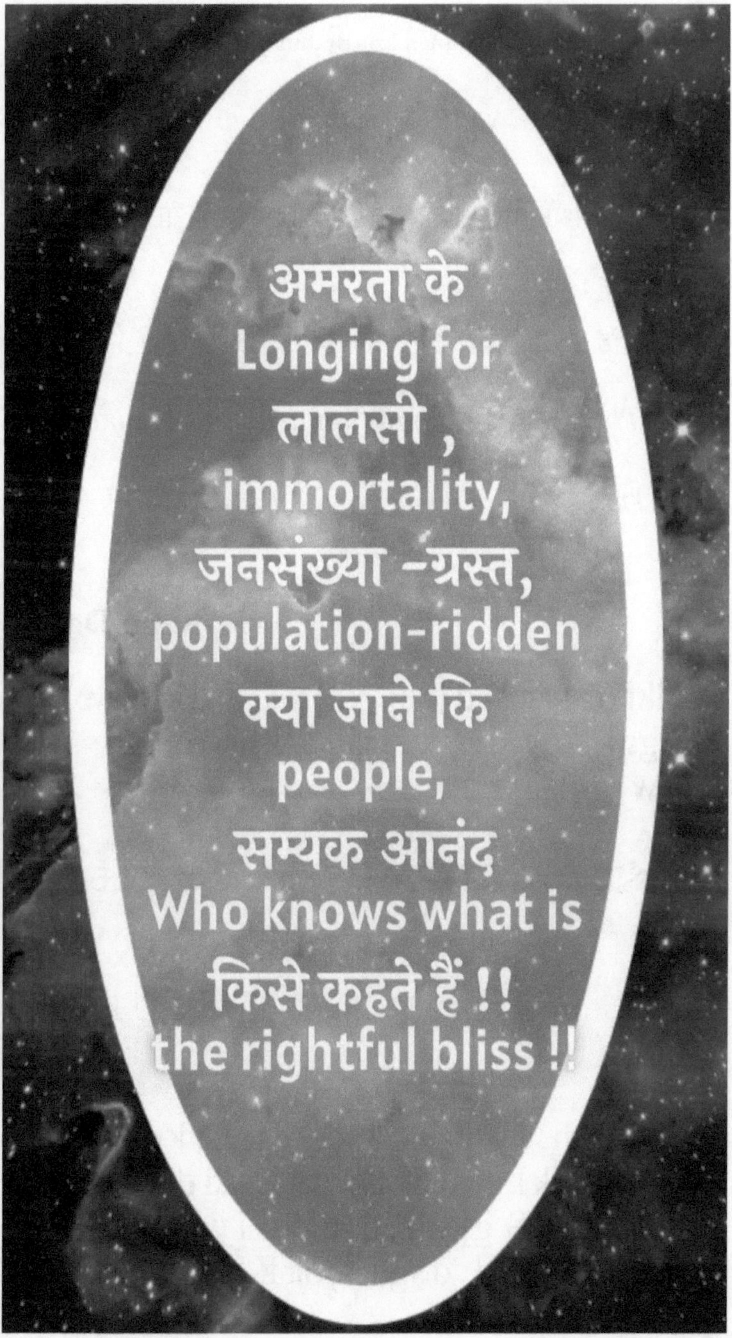
अमरता के
Longing for
लालसी ,
immortality,
जनसंख्या -ग्रस्त,
population-ridden
क्या जाने कि
people,
सम्यक आनंद
Who knows what is
किसे कहते हैं !!
the rightful bliss !!

サトカム

'' पोथी पढ़ि पढ़ि जग मुआ, पंडित भया न कोय।

ढाई आखर प्रेम का, पढ़े सो पंडित होय।। ''

" Pothi padh padh jag mua, pandit bhaya na koy,
Dhai aakhar prem ka , padhe so pandit hoy... "

-Kabir Das

lHkhfdrkcsai<+dj ej x,]ysfdu dksbZ ifM+r u gqvkA çse dk<kbZ v{kj ft l usi<+k ogh ifM+r gqvkA

すべての人が本を読んで死んだが、誰も

□ □ □ □ □ □ □ □ □ □ □ □ □ □ □ □ □ □

□ □ □ □ 2 □ □ □ □ □ □ □ □ □ □ □ □

□ □ □ □ □ □ □ □ □ □

vedq L=h;kiq#'keqql sçse djrk;kdjrhg\$,\$ kl kpukl e>ukfoHkz gSA L=h&iq#'kdk çdfr Hkh }S g\$t ks,d pØh; ijd ;oLFkk gSAokLro ea,d dsghifjofrZ nksfHkUu :ika

dk fodkl ,d :i dksviusvanj ghfNik
tkrkgSAçR;sd L=hvFkokiq#'kdsvanj ,d
iq#'kvFkokL=hfNihgksrhgS] ftl sghge
oká lalkj esa<sar sgSAçeq[k:i lsL=hdks
l`tu ,oaiq#'kdkslq{kkdkmÙkjnkf;Ro ç—fr
çnÙkgSAnksuksafeydj la;q :i lsikyu
iks"kkdjrsgSAL=hp;u dhçfrHke
vf/kdkfj.khgksrhgSAL=hdkL=hRo ,oaiq#'kdk
ikS#'k] ;ghvk/kkjHkwr fHkUurkvksa esavkd"V
djrhgSAiq%,d gksusdsfy, Abl çdkj lf"V
dspØ dhfujarj xfr'khyrkvFkkZ iqujkofÙk
gksrhjgrhgSA

女性や男性が私を愛していると思うのは

□ □ □ □ □ □ □ □ □ □ □ □ □ □ □ □ □ □

□ □ □ □ □ □ □ □ □ □ □ □ □ □ □ □ □ □

□ □ □ □ □ □ □ 2 □ □ □ □ □ □ □ □ □ □

□ □ □ □ □ □ □ □ □ □ 1 □ □ □ □ □ □ □

□ □ □ □ □ □ □ □ □ □ □ □ □ □ □ □ □ □

□ □ □ □ □ □ □ □ □ □ □ □ □ □ □ □ □ □

□ □ □ □ □ □ □ □ □ □ □ □ □ □ □ □ □ □

□ □ □ □ □ □ □ □ □ □ □ □ □ □ □ □ □ □

全は男性に自然に与えられています。両

□ □ □ □ □ □ □ □ □ □ □ □ □ □ □ □ □ □

□ □ □ □ □ □ □ □ □ □ □ □ □ □ □ □ □ □

□ □ □ □ □ □ □ □ □ □ □ □ □ □ □ □ □ □

□ □ □ □ □ □ □ □ □ □ □ □ □ □ □ □ □ □

□ □ □ □ □ □ □ □ □ □ □ □ □ □ □ □ □ □

□ □ □ □ □ □ □ □ □ □ □ □ □ □ □ □ □ □

" चलती चाकी देखकर , दिया कबीरा रोय ।

दुइ पाटन के बीच में , साबुत बचा ना कोय ॥"

" Chalti chaki dekh kar, diya kabira roy,
Dui patan ke beech me, sabut bacha na koy... "

– Kabir Das

thou dspØh; QoLFkkesal ekfgr }S &v}S dkfl) ka ghçnf'kZ gks k gSA nkslkadh vk/kkj Hkw fHkUurk vFkkZ fHkUu ekxZ svkrsgS ,d LFkku ij feyrsgSavFkkZ ,d gks sgS iq% viusghekxZij pyrsgSA ;g viukekxZgh vkReKku dkekxZgSA bt kfM;HkaLoxZ sgh cudj vkrh gSA nks; kX; vFkkZ l eku Lrj l s

,d nlwjsdksl efiZ ;qy ,d :i vFkZuj &ukjhl sv/kZukjh'oj gksdj Hkol kxj ikj ije /kke ijes'oj dksçkIr gksrs gSA ;ghl Pp\kçs gSAl Pp\kI; kj l Hkh xqkkavkS vk/kkj l sÅij mBdj l Hkh fHkUurk vksal sijsl Hkh ck/kkvksadks ikj djrk gqkviuky{; çkIr djrk gSA

生命の循環システムに具体化されたドウ

□ □ □ □ □ □ □ □ □ □ □ □ □ □ □ □ □ □ □

□ □ □ □ □ 2 □ □ □ □ □ □ □ □ □ □ □

□ □ □ □ □ □ □ □ □ □ □ □ □ □ □ □ □ □ □

□ □ □ □ □ □ □ □ □ □ □ □ □ □ □ □ □ □ □

□ □ □ □ □ □ □ □ □ □ □ □ □ □ □ □ □

□ □ □ □ □ □ □ □ □ □ □ □ □ □ □ □ □ □ □

□ □ □ □ □ □ □ □ □ □ □ □ □ □ □ □ □ □ □

□ □ □ □ □ □ □ □ □ □ □ □ □ □ □ □ □ □ □

□ □ □ □ □ □ □ □ □ □ □ □ □ □ □ □ □ □ □

□ □ □ □ □ □ □ □ □ □ □ □ □ □ □ □ □ □ □

□ □ □ □ □ □ □ □ □ □ □ □ □ □ □ □ □ □ □

□ □ □ □ □ □ □ □ □ □ □ □ □ □ □ □ □ □ □

、あらゆる違いを超えてあらゆる障害を

□ □ □ □ □ □ □ □ □ □ □ □ □ □ □ □

" रहिमन धागा प्रेम का, मत तोड़ो चटकाय।

टूटे पे फिर ना जुड़े, जुड़े गाँठ पड़ि जाय।। "

" Rahiman dhaga prem ka, mat toro chatkay,
Toote pe phir na jure, jure gath par jay...

– Rahim Das

pØh; fujaj xfr'kly rkghl Ppsçs dsij[k dhdl kSh gSvk§ çs&n,s rkghek= fod Y gSA

□ □ □ □ □ □ □ □ □ □ □ □ □ □ □ □ □ □

□ □ □ □ □ □ □ □ □ □ □ □ □ □ □ □ □ □

□ □ □ □ □ □ □ □ □

" कस्तुरी कुंडल बसै, मृग ढूंढ़ै वन माहि।

ऐसे घट घट राम हैं, दुनिया देखे नाहि।। "

"Kastoori kundal basay, mrig dhoondhe van maahi,
Aise ghat ghat raam hain,duniya dekhe naahi..."

-Kabir Das

ftl çdkj cã l f'Vdh çR;sd jpukesa O;kIr gSa fdUrq l c mlls nw[kugha l drsA jgL; ;ghgS &ft l sge ckgj l s<w<rs gSa] <w<rs gS] vkar% ml s çkIr djuk viusvanj ghgSA

ちょうどブラームスが世界のあらゆる創

□ □ □ □ □ □ □ □ □ □ □ □ □ □ □ □ □ □

□ □ □ □ □ □ □ □ □ □ □ □ □ □ □ □ □ □

□ □ □ □ □ □ □ □ □ □ □ □ □ □ □ □ □ □

□ □ □ □ □ □ □ □ □ □ □ □ □ □ □ □ □ □

□ □ □

" लाली मेरे लाल की, जित देखूँ तित लाल ।

लाली देखन मैं गई, मैं भी हो गई लाल ।। "

"Laali mere lal ki, jit dekhu tit lal,

Laali dekhan main gaee, main bhee ho gai laal..."

– Kabir Das

l àNs eaB Hkh l sl kSnk;Z vkSj O;ogkj dj]s dkS t ksusmuesl sdkbZ viuk fudy vk;A s ;gh çseku l sijeku vFkZ] R&dke* gSA

一言で言えば、「誰に対しても誠意を持

□□□□□□□□□□□□□□□□□□

□□□□□□□□□□□□□□□□□□

□□□□□□□□□□□□□□□□□□

□□□□□□□□□□□□□□□□□

अप्प दीपो भव
Be the source of
light by yourself.

ディヤン

^^/;ku ghd\q hgSA* euq" gksusdsdeZdh oSKkfudrk,d nhid çTt ofyr djusds leku gSft ls/kekZ n'kkea*vIi nhiksHkb* lscrk; kx; kgSA fn; k] t ksfd fu/kkZjr Åt kZ lsfu/kkZjr le; rd ghtyrkgSA bZ'ku lekIr rksfn; kHkh cq> t krkgSA fn; sdk bZ'ku losZgd ek/; e lsHkkx dj Lor%Åij mBrkgSrFkk çTofyr fd, t kusij f'k[kj çdkf'kr gkst krkgSA çdk'kkQSyrkgSvkSj vU/kdkj njwgksrkgSA Bhd bl hçdkj lf"V dhjpukdjusokyhvkReK k'kfDr tksfd lHkh çkf.k; ksadkst hou çnku djrhgSA euq" 'kjhj dsfupysrry xqkpØ *ewyk/kkj* ea lqIr jgrhgSA; g lq{e 'kfä ghd.Mfyuh dghtkrhgSAbl 'kfä dkst kxr]m/oZxkeh dj 'kVpØ c/ku djusl sl gL=kj çdkf'kr gksrkgSA euq" dhvykSfdd fnO; 'kfä ;ka tkxr gksmBrhgSA

「瞑想が鍵である」 □ □ □ □ □ □ □ □

□ □ □ □ □ □ □ □ □ □ □ □ □ □ □ □ □

□ □ □ □ □ □ □ □ □ □ □ □ □ □ □ □ □

を灯すようなものである。ランプは、設

□□□□□□□□□□□□□□□□□□
□□□□□□□□□□□□□□□□□□
□□□□□□□□□□□□□□□□□□
□□□□□□□□□□□□□□□□□□
□□□□□□□□□□□□□□□□□□
□□□□□□□□□□□□□□□□□□
□□□□□□□□□□□□□□□□□□
□□□□□□□□□□□□□□□□□□
□□□□□□□□□□□□□□□□□□
□□□□□□□□□□□□□□□□□□
□□□□□□□□□□□□□□□□□□
□□□□□□□□□□□□□□□□□□
□□□□□□□□□□□□□□□□□□
□□

pØ & c/ku] 'kfä t kxj.k vFkok dqMfyuh mRFkku çR;sd l k/ku l sgks k gSplgsog ; kx ekxZgks] plgsmi kl uk ; kHkfä ekxZgksvkS

pkgsklu o çs ekxZgksAçk lk; le vkSj eqek
ghd qMfy uh d ksughamBkr h cfYd l k/kkj.k
/kkj.kk v kSj /; ku Hkh ml suhpsl sÅi j [khp
y s sgSAbl çd kj l Ur ksd k l jqfr]'kfDr; k
v kSj l gt ; kx] xhr k d k l kE; ; kx o
v kRe; kx] Hkfä ekfxZ;ksd k Hkfä ; kx o
çs; kx] osnkfUr; ksv kSj nk'kfZud d k l k{; ; kx
o Kku; kx bR; kfn l Hkh l s; g l kjk b gksk k gSA

チャクラのピアス、シャクティ □□□

□□□□□□□□□□□□□□□□□□

□□□□□□□□□□□□□□□□□□

□□□□□□□□□□□□□□□□□□

□□□□□□□□□□□□□□□□□□

□□□□□□□□□□□□□□□□□□

□□□□□□□□□□□□□□□□□□

□□□□□□□□□□□□□□□□□□

□□□□□□□□□□ □□□□□□□

□□□□□□□□□□ □□□□□□□

□□□□□□□□□□ □□□□□□□

□□□□□□□□□□□□□□□□□□

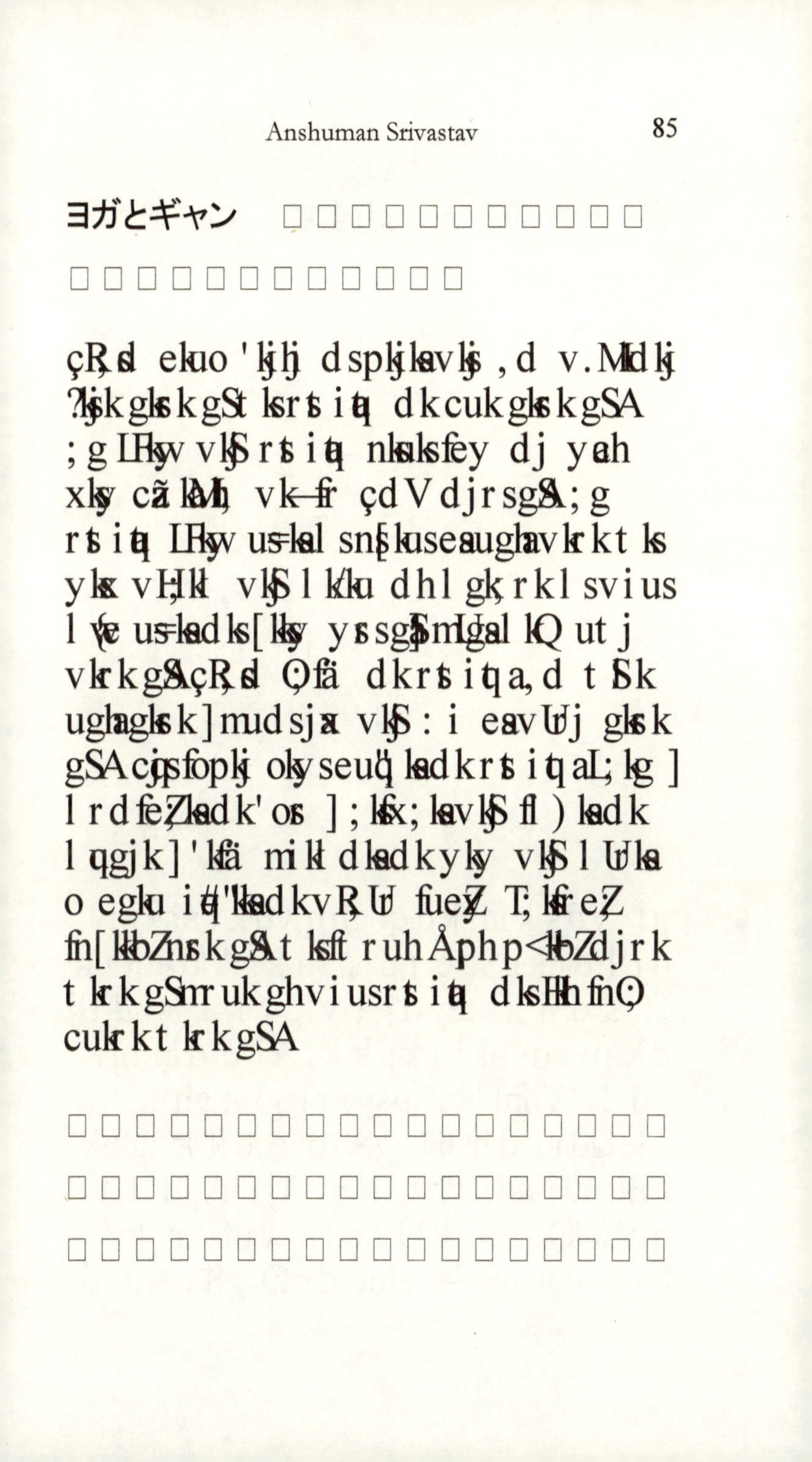

ヨガとギャン

çR;sd ekuo 'kjhj dspkjksavkjs ,d v.Mkdkj
?ksjsk gksk kgSt ksrs i q dkcuk gksk kgSA
;g LFkyw vkjS rs i q nksuksa ksfey dj ysah
xksy cãkkMa, vk—fr çdV djrs gSA ;g
rs i q LFkyw us=ksa sn[ksusea ugha vkrk ts ks
yksx vkLFk vksj 1 ksku dhl gk;rk1 svius
1 {e us=ksa dks [kksy ys sgS mUgsa lkQ ut j
vkrk gSA çR;sd O;fä dk rs i q a,d t Sk
ugha gksk k] mudsj x vkjS : i eas vUrj gksk
gSA cgq s fopkj oksy seuq ksa dk rs i q aL; kg]
l r d feZ ksa dk' os] ; ksx; ksa vksj fl) ksa dk
l qgj k] 'kfä mi kl dksa dk yksy vksj l Urksa
o egku i q 'ksa dk vR, Ur fue Z T; ksfr eZ
fn[kbZ ns k gSA t ksft r uh Åph p<+bZ dj rk
t k rk gS mr uk gh vi us rs i q dks Hkh fnO;
cuk r kt k rk gSA

宙の形が明らかになります。この光線は

□ □ □ □ □ □ □ □ □ □ □ □ □ □ □ □ □ □

□ □ □ □ □ □ □ □ □ □ □ □ □ □ □ □ □ □

□ □ □ □ □ □ □ □ □ □ □ □ □ □ □ □ □ □

□ □ □ □ □ □ □ □ □ □ □ □ □ □ □ □ □ □

□ □ □ □ □ □ □ □ □ □ □ □ □ □ □ □ □ □

□ □ □ □ □ □ □ □ □ □ □ □ □ □ □ □ □ □

□ □ □ □ □ □ □ □ □ □ □ □ □ □ □ □ □ □

□ □ □ □ □ □ □ □ □ □ □ □ □ □ □ □ □ □

□ □ □ □ □ □ □ □ □ □ □ □ □ □ □ □ □ □

□ □ □ □ □ □ □ □ □ □ □ □ □ □ □ □ □ □

,d vdYkfn; kdlN ghnjwdkvalgsknjw
dj ldrkg$t c rd t yrkgSA fdaqvud
fn; s,d lkFk feydj t yk, t k,ar ksvkdkj
dknjwr d ukkgkst krkgSA l c dlN njw
r d Li"V fn[kkbZnusy xrkgSA ; gh
l keqgdrkdh' kä gSA Lo; açdk'k gksuk
rFkknlwjksadksHkhçdk'k djukA ,d l s
nlwjkfQj rhljkbl hçdkj vufxur fn; s
t ykukghmR—"V ekuo drO; gSA t Sh,d

fn;sdh t yrh gbqZ fLFkfr eaçdk'k dh fLFkfr gks h g\$ oS h gh euq" dh Hkh gks h gS A fpj kx rysvak/sk jk, d d gkor gS A; g çdk'k vkS v/kdk j }S vFkkZ s}a gS A v/kdk j va ughagS A

一本のろうそくが燃え続ける限り、短期

□ □ □ □ □ □ □ □ □ □ □ □ □ □ □ □ □ □

□ □ □ □ □ □ □ □ □ □ □ □ □ □ □ □ □ □

□ □ □ □ □ □ □ □ □ □ □ □ □ □ □ □ □ □

□ □ □ □ □ □ □ □ □ □ □ □ □ □ □ □ □ □

□ □ □ □ □ □ □ □ □ □ □ □ □ □ □ □ □ □

□ □ □ □ □ □ □ □ □ □ □ □ □ □ □ □ □ □

□ □ □ □ □ □ □ □ □ 1 □ □ □ 3 □ □ □

□ □ □ □ □ □ □ □ □ □ □ □ □ □ □ □ □ □

□ □ □ □ □ □ □ □ □ □ □ □ □ □ □ □ □ □

□ □ □ □ □ □ □ □ □ □ □ □ □ □ □ □ □ □

□ □ □ □ □ □ □ □ □ □ □ □ □ □ □ □ □ □

□ □ □ □ □ □ □ □ □ □ □ □ □ □ □ □ □ □

□ □ □ □ □ □ □ □ □ □ □ □ □ □ □ □ □ □

fodkjjfgr l aeh'kjhj ghri dkvf/kdkjh
gS'kjhj] çkkheu vkS cf) dkl ae
vko';d gS;ks vkS çkkk;ke l g;kxhgS
l k/kkj.kr; %gokdksçkkok; qdgrsgS^t Sk
vUu oSkeu^Hkts u dkl Ro t Bjkfxu }kjk
'kfä eai fjofrZ gks çkk'kfä dkukfM;ksaea
l pkj dj t hou nsk gS

無秩序で拘束された身体には苦行を受け

□□□□□□□□□□□□□□□□□□

□□□□□□□□□□□□□□□□□□

□□□□□□□□□□□□□□□□□□

□□□□□□□□□□□□□□ □□□

□□□□□□□□□□□□□□□□□□

□□□□□□□□□□□□□□□□□□

□□□□□□□□□□□□□□□□□□

□□□□□□□

जिंदगी बदलती रहती
Life keeps
है इसलिए बदली जा
changing so it
सकती है !!
can be changed !!

ナガル チャウパル

ukxj ¼foå½f & uxj l EcU/kh A,, & uxj & fuokfl ; ksal sl EcU/kkj [kusokyk A.. & prq A ¼i q½f & uxj dkfuokl h A,, Hk;kvkneh A

ナガル (□ □ □) 1 - □ □ □ □ □ □ □ □ 2 - □ - □ □ □ □ □ □ □ 3 - □ □ □ (□ □) 1 - □ □ □ □ □ □ □ 2 - □ □ □ □

pkSky ¼L=h å½f & pkjksavksj l s[kqyh gqbZ cSBd ft l esaxkao dsyksx ipk;r djrsgSa,,& ,d çdkj dhi kyd h A

□ □ □ □ □ □ □ □ □ 1 - □ 2 - □ □ □ □ □ □

euq ,d l kekft d i kl hgSvkfn l svk/kqfud dky rd l H;rk dsvFkd ç; Rukasd smijkar vkt ge bl çdkj Lo; ad ksfodfl r vFkkZ f'kf{kr vkSj l H; dg dj xkSjo djrsgSA Q;fä drkl sl kefgd rkdsfl) kar ij vusd çdkj l sbl dkfu; fedj.kvkSj çcaku LFkkfir gqvk gSA olq/kSo dqVqEcde bl dh çkphu fodflr vo/kkj.kk gSA 16 egk ui n ¼çkphu bfrgkl ½ vFkkZ jkT r ax l sx.kjkT;]x.kjkT; l s ykdr ax t ksfHkUu&fHkUu n'kkdk ky i fj flFkfr ; ksa ea vU; ka çdkjksa st ku h t kr h j gh g SA vkt dk l ekt jk"Vª l a k o vu d ukekfd r l a k bl h çkphu ol q/kS dqVqEcde~ d h vo/kkj.kk d k gh çekk gSA

人間は社会的な動物であり、文明の始ま

□□□□□□□□□□□□□□□□□□

□□□□□□□□□□□□□□□□□□

□□□□□□□□□□□□□□□□□□

□□□□□□□□□□□□□□□□□□

□□□□□□□□□□□□□□□□□□

□□□□□□□□□□□□□□□□□□

□□□□□□□□□□□□□□□□□□

□□□□□□□□□□□□□□ 16 □□

□□□□□□□□□□□□□□□□□□

□□□□□□□□□□□□□□□□□□

□□□□□□□□□□□□□□□□□□

います。今日の国連組織と多くの名前の

□ □ □ □ □ □ □ □ □ □ □ □ □ □ □ □ □ □

□ □ □ □ □ □ □ □ □ □ □ □ □ □ □

,slseadky , fr gkfl d ukxj ,oapkSky tSs 'kfn Hkk'kk foKku vk/kkj ls, dkge cgq;ke%ds cã çkdV;~ rHkk }S&v }S dsfl) ka ls çfr ikfnr];g ,d ukxfjdrkdhigpku ls mRiUu vk/kfjud vdxf.kr h; oSKkfud vo/kkj.kk gSA

□ □ □ □ □ □ □ □ □ □ □ □ □ □ □ □ □ □

□ □ □ □ □ □ □ □ □ □ □ □ □ □ □ □ □ □

□ □ □ □ □ □ □ □ □ □ □ □ □ □ □ □ □ □

□ □ □ □ □ □ □ □ □ □ □ □ □ □ □ □ □ □

□ □ □ □ □ □ □ □ □ □ □ □ □ □ □ □ □ □

□ □ □ □ □ □ □ □ □ □ □ □ □ □ □ □ □ □

□ □ □ □ □ □ □ □ □ □ □ □ □ □ □ □ □ □

ol q/S dq;Vqde dhvnafuZgr Hkouk l sl ok& l g dkfjrkdhdk;Zç.kkyhij vk/kkfjr dk;Z mís'; gsrqLor %LQwrZ;fä ;ksa}kjk Tkks;fä xr

,oal lekkft d thou Lrj dsmUu; u gsrq 'kkjhfjd ekufl d ,oavk/;kfRed i{kij l jpukRed l kFk; Zckk/kkr Hkk çk—fr d l f'V ckk/k dksmUur cukus, oadjusdk mís; j[krsgSA

ヴァスダイブ・クトゥンバカムの根底に

□ □ □ □ □ □ □ □ □ □ □ □ □ □ □ □ □ □

□ □ □ □ □ □ □ □ □ □ □ □ □ □ □ □ □ □

□ □ □ □ □ □ □ □ □ □ □ □ □ □ □ □ □ □

□ □ □ □ □ □ □ □ □ □ □ □ □ □ □ □ □ □

□ □ □ □ □ □ □ □ □ □ □ □ □ □ □ □ □ □

□ □ □ □ □ □ □ □ □ □ □ □ □ □ □ □ □ □

□ □ □ □ □ □ □ □ □ □ □ □ □ □

çkjfHkd 10] çfr l nL; vU; u, 10 l nL; ksa dksvkefa=r dj mUgsaHkh] çfr l nL; 10 u, l nL; ksadkscukusdk vuqjksk dj dsbl i jaijk dksvxxkehdjasA

□ □ □ 10 □ □ □ □ □ □ (□ □ □ □ □ □)

□ □ □ □ □ 10 □ □ □ □ □ □ □ □ □ □ □

□ □ □ □ □ □ □ □ □ □ 10 □ □ □ □ □ □

ンバーを作成するように要求すること、

□ □ □ □ □ □ □ □ □ □ □

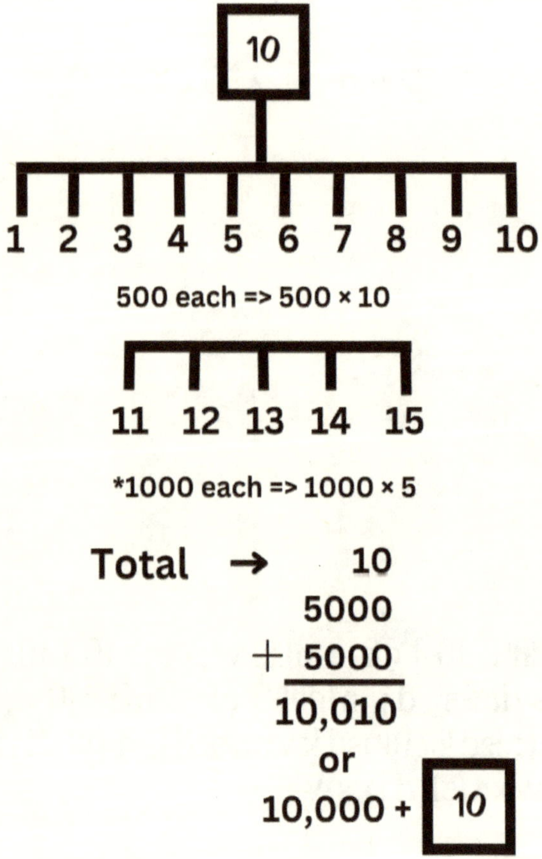

|| श्री गुरु ||

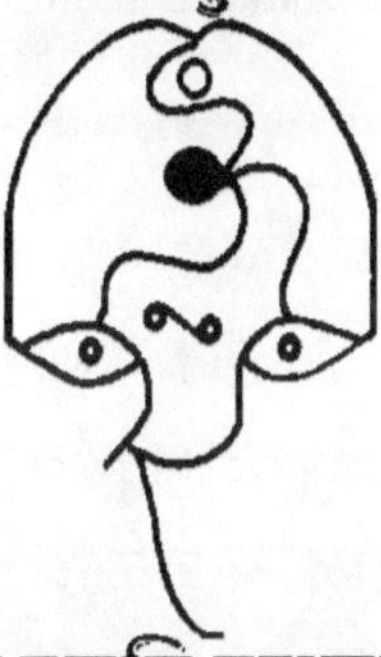

अगम्य अगोचर ब्रह्मसि महाकाल विश्वात्माः ।
श्री चित्र गुप्तं शरणं समर्पयामि अहं ब्रह्मास्मि ।।

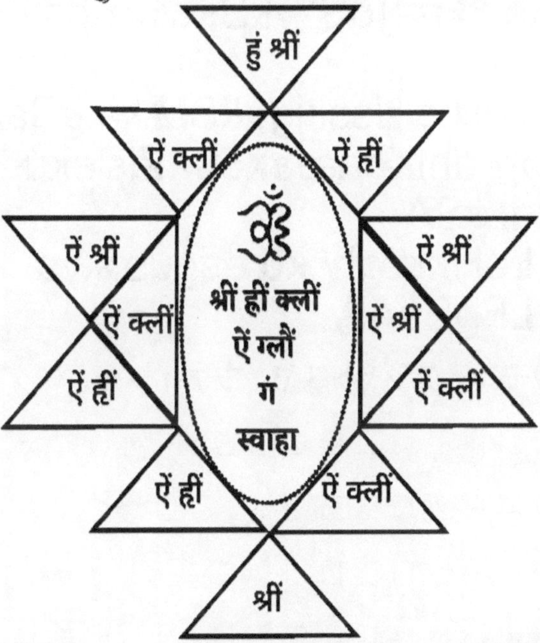

सर्वमनःकामनाः पूर्णाय कुटुंब प्रीत्याः हितार्थे ;
सर्वविघ्नबाधाः हृत्वा कल्याणं योग्यतां प्रदेहि ।
ॐ

* दर्शन और ध्यान से सम्पूर्ण लाभ प्रदान करने वाला श्री चित्रगुप्त महायंत्र

ब्राह्मण, क्षत्रिय, वैश्य, शूद्रं च कर्मरूपम् ।
चित्रगुप्तवंशीय द्वादश गौड ब्राह्मणाः।।
यस्य कीर्तिश्चन्द्र सूर्यैव अक्षुणम् ।
प्रकृत्या ध्यानस्थ अयमेव कायस्थाः।।

czkã.k{kf=;]oS';vkS'kwæeZds:i
gSaA
fp=xqIroa'kdsckjgxkSMczkã.kgSaAA
ftudh dhfrZpaæevkSjlw;Zdsleku
v{kq..kgSA
;g LoHkkogh/;ku esjgusokys
dk;LFkgSaAA

バラモン、クシャトリヤ、ヴァイシャ、

□ □ □ □ □ □ □ □ □ □ □ □ □ □ □

□ □ □ □ □ □ □ □ □ 12 □ □ □

□ □ □ □ □ □ □ □ □

□ □ □ □ □ □ □ □ □ □ □

□ □ □ □ □ □ □ □ □ □ □

□ □ □ □ □ □ □ □ □ □

ザ チトラ

;g l àwkZ f'Vt xr t ksfp= : i l s
nf'Vxkspj gSA ;Oki d cã çd V: i l s*fp=*
uked ,d ofSnd nsor kA

絵の形で見えるこの宇宙全体。アンビエ

□ □ □ □ □ □ □ □ □ □ □ □ □ □ □ □ □

□ □ □ □ □ □ □ □ □ □ □ □ □ □

ब्रह्माण्ड-सद्-गुणाज्जात-श्चित्रोऽहं मनुकारकः।
मया ततं च त्रैलोक्यं स्वायम्भुव नमोऽस्तुते॥

eSacã kMd sl r~xqk l smRiu] euqksd k
cukusokyk k fp= gywlS f=yksd ;Oki hml
Lo; aHkwd ksueLd kj d j r k gwA

□ □ □ □ □ □ □ □ □ □ □ □ □ □ □ □ □ □

□ □ □ □ □ □ □ □ □ □ □ □ □ □ □ □ □

□ □ □ □ □ □ □ □ □ □ □ □ □ □ □ □ □ □

□ □ □ □ □ □ □ □ □ □ □ □ □ □ □ □

fp= ¼iq½¼la/k&js[kkvksa ds oxhZdj.k cuh
gqbZ fdlh oLrq dh vkd`fr A rLohjA
„&çfrd`fr ¼Qks/Vks&eLrd½j pUnu vkfn
dk fpUg A‡& ltho vkSj fuoLr`r fooj.kA
‡&vyadkfjd Hkk"kk&dkO;dk ,d Hksn
ftlesa O;aX; dh ,d ç/kkurk ugha jgrh A‰
vkdk'k A ¼foå½ fn~Hkz„&rjax&fojaxA

図 (□ □ □ □ □) (n) 1- □ □ □ □ □ □ □ □
□ □ □ □ □ □ □ □ □ □ □ 2- □ □ □ □ (
□ □)□ 3. □ □ □ □ □ □ □ □ □ □ □ □ □
□ □ □ 4- □ □ □ □ □ □ □ □ □ □ □ □ □
5- □ □ □ □ □ □ □ □ 6- □ □ □ □ □ □ □
□ □ □ □ □ □ □ 7 □ □ (□ □) 1-□ □ □
□ □ 2-□ □ □ □ □

बुद्धं शरणं गच्छामि ।
संघं शरणं गच्छामि ।
धम्मं शरणं गच्छामि ।
Gautam Buddha
The Siddhartha Gautam
563 BCE to 483 BCE.

Sant Kabir Saheb
Kabir Das
1398-1518

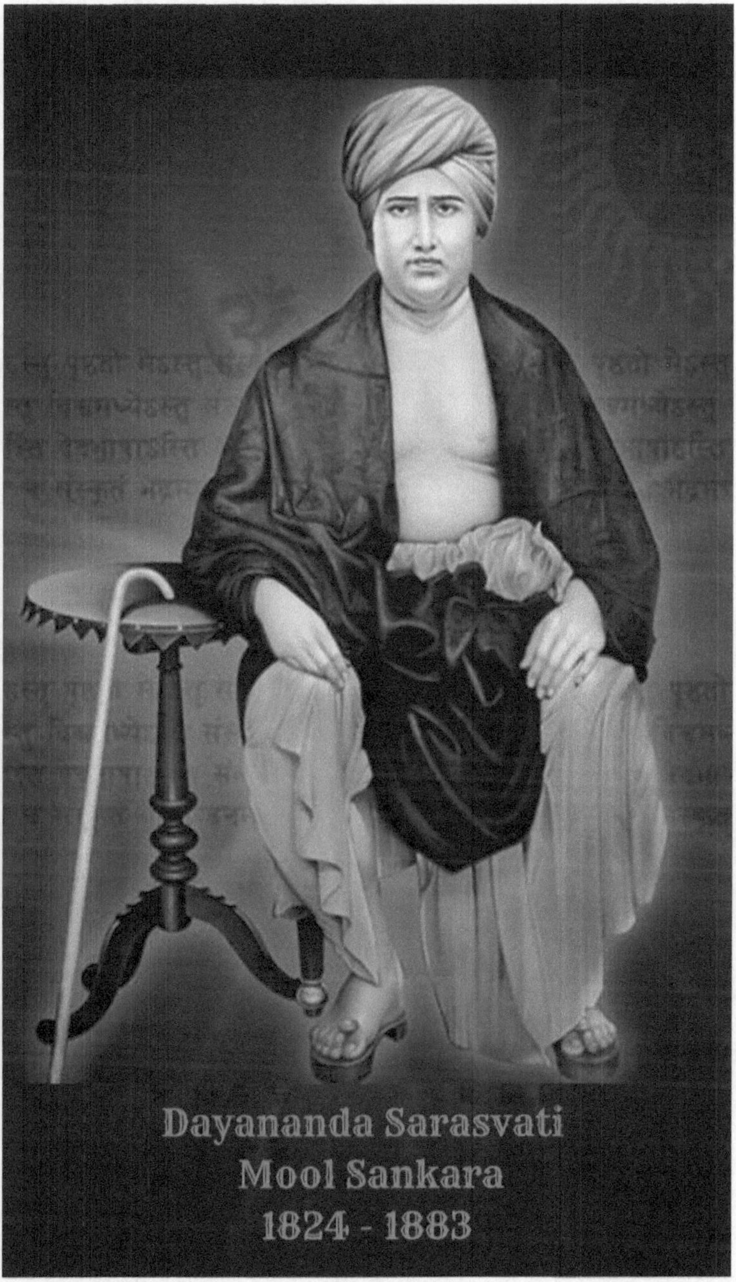

Dayananda Sarasvati
Mool Sankara
1824 - 1883

Swami Vivekananda
Narendranath Datta
1863 – 1902

Shree Mata ji
Nirmala Srivastava
1923 - 2011

Rajneesh Osho
Chandra Mohan Jain
1931-1990

कर्मण्येवाधिकारस्ते मा फलेषु कदाचन ।
मा कर्मफलहेतुर्भुर्मा ते संगोऽस्त्वकर्मणि ॥

You have the right only in doing your duty, never in its results. That's why neither be attached to the result of your work not to indolence.

Lord shree Krishna

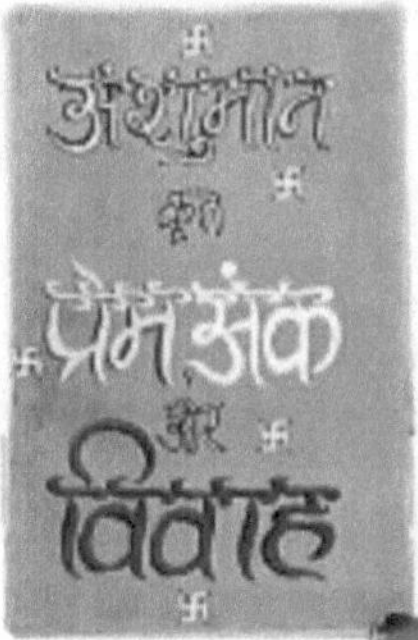
अंशुमान
कृत
प्रेम अंक
और
विवाह

अंशुमान
कृत
सरल वास्तु
ज्ञान

ग्रन्थावली

Asleep Awake

प्राचीन ब्राह्मण एवम् बौद्ध
परम्पराओं में नारी

著者について

アンシュマンはインドのウッタルプラデ
□□□□□□□□□□□□□□□□□□
□□□□□□□□□□□□□□□□□□
□□□□□□□□□□□□□□□□□□
□□□□□□□□□□□□□2003 □□
□□□□□□□□Prem ,Ank aur Vivah (
□□□□□□□)□□□□□ 21 □□□□
□□□□□□□□□□□□□ Saral
Vastu Gyan□ (2006 □)□□□□ (2021
□)□ □□□□□□ -□□□□□□□□
□□□□□□□□□□□□□□□□□□
□□□□□□□□□□□□□□□□□□
□□□□□□□□□!

www.ingramcontent.com/pod-product-compliance
Lightning Source LLC
La Vergne TN
LVHW041616070526
838199LV00052B/3168

* 9 7 8 9 3 6 0 4 9 2 5 0 2 *